U0141545

月老覺得最近
牽線人太廢

BANG——著

Content

目次

00 序

「月老在上，信女蔣道理今年十七歲，家住南投埔里，到目前為止雖然有交過幾任男朋友，卻都沒遇到適合的對象，希望您可以幫幫忙。我的要求不多，只要他長得好看一點、個性好一點、身材好一點、家裡有錢一點、對我好一點就行了。如果今年能遇到我的他，一定會回來還願的，謝謝月老大人！」

女孩虔誠地雙手合十，說完後又用力鞠躬拜了好幾下，才小心翼翼地丟出兩塊半月形的紅色筊杯。

然而她不知道的是，在遠處的天庭，姻緣部的多位月老們正忙得焦頭爛額。

「什麼都要多一點，她以為這樣加起來很少嗎??怎麼不乾脆說我希望我的正緣比金城武醜一點、比郭台銘窮一點算了!!」忍住翻桌的衝動，月老A一邊振筆疾書一邊抱怨。

「這已經算好一點的了。」回應他的是坐在旁邊的月老B，只見他生無可戀地用食指戳著鍵盤，幽幽開口：「我這邊收到的請求是她想要有個跟艾略特一樣的對象，天知道這個艾略特是誰？」

「我知道我知道！通常這種奇怪的名字搜尋動漫人物就對了！」對面的月老C趕緊舉手發言。

「我找過了啊，《約會大作戰》、《潘朵拉之心》、《閃之軌跡》都有同名的角色，喔，還有一個乙女遊戲《心之國的愛麗絲》中也有個叫做艾略特的角色。」

「你都說是乙女遊戲了，那個應該最有可能吧？」報告正好告一個段落，月老E抬頭看人。

「但、但那個是獸人啊！你也知道現代人的喜好越來越奇怪，拜拜的時候又說不清楚，我怎麼知道她是想要跟這個角色一樣個性還是外型的對象啊啊啊啊!!」再也忍受不住壓力，月老B咆嘯出聲。

他的哀號沒有得到安慰，反而在過了一會兒後，其餘眾月老們一同發出重重的嘆息聲。

大家都太熟悉這個狀況了，昨天是《航海王》的艾斯、今天是《鬼滅之刃》的宇髓天元，雖說以前也常常有信徒祈願，希望自己的對象可以像湯姆・克魯斯或是布萊德・彼特一樣，但好歹那時候大家追求的多是外型，且比較清楚該怎麼跟神明溝通；現在這些祈求不是不好，而是沒頭沒尾彷彿斷訊電話一般，搞得姻緣部除了需要學會怎麼使用電腦外，還得去了解最近有哪些熱門的ACG作品，以備不時之需。

可是地球村時代的創作產出量哪是以往可以比擬的，如果還要算上小說跟電影，就算一天有四百八十個小時都吸收不過來，加上各種求新求變的設定及喜好，對這些月「老」來說實在是莫大的負擔。

「說到底，如果可以有個人去了解一下現代年輕人，或者幫忙傳達一下怎麼跟神明溝通就會好多了吧？」身為姻緣部唯一會盲打的科技人才，月老D淡淡提議。

現場月老面面相覷，隨即大喊一聲：

「**就是這個!!!!!!**」

01 成為神明的代理人

童禮祈是個特別的孩子，這不是說他特別聰明或是有什麼特殊才能，而是從小到大遇過無數人，告訴他或者他的親戚：「童禮祈是個帶天命的孩子、天生註定要為神明服務」，無論是偶爾去宮廟參拜、路過街邊算命攤，或是搭乘計程車的時候，都曾遇到有人如此篤定地說。

但奇怪的是，即使是在廟裡，每當家人反問是「要為哪一位神明服務」、「需不需要先給哪位神明收為乾兒子」等等疑問時，對方都只會淡淡地笑著搖頭，並回以「天機不可洩漏」幾個字。

童禮祈對此並不怎麼排斥，他家原本就沒有信仰，在宗教觀念上也十分開明，只是對他多了幾分關心；諸如母親時不時會詢問童禮祈有沒有看到什麼特別的東西，或是是否感受到一些不一樣的感應等等，讓他小時候有充分的藉口可以逃避上學。

對，小時候。

今年童禮祈都已經要滿二十歲了，別說是特殊靈感，他連一個鬼影都不曾看過。不管是去鬼屋、看鬼片，甚至實際前往墓仔埔試膽到同行的人全都倒下，他還是一丁點感覺都沒有，十足十的超大型麻瓜。

老實說這沒什麼不好，畢竟都已經成年，童禮祈也不是當年那個整天希望自己早日看到鬼，好用來嚇嚇雙胞胎姊姊的小屁孩。都說最好的消息就是沒有消息，像個凡人一樣平平淡淡度過只能在飄版尋找鬼故事的一生，雖說不怎麼刺激卻也不壞。

可是命運這種東西總是，當一個人越想要什麼時就越得不到……

「禮祈你敲敲打打在寫什麼啊？」從背後探出頭來，半透明的身影好奇問。

「啊啊啊！不要偷看！還有我不是說了不要這樣叫我嗎？太親暱感覺很噁心耶！」

「那我應該怎麼叫你才好，跟你的同學一樣叫你祈祈嗎？可是你上次抱怨說祈祈有弟弟是個無聊的老鼠冷笑話？對了！你答應說要幫我，到底什麼時候才有空啊？」

一連串的問題鬧得童禮祈頭痛。

沒錯，在二十歲生日的三天後，童禮祈，也就是本人爺我，終於遇到了那個據說我天生註定躲不過的天命。

這一切實在來得太過突然，突然到至今都還有些難以置信。明明只是陪朋友去拜月老求紅線，怎麼知道供品才剛放上去，這個自稱是實習月老的傢伙便從月老像中飄了出來。

「找到了！你就是童禮祈吧？我找了你好久，沒想到還真是夢裡尋他千百度，那人卻在燈火闌珊處。」還記得那傢伙剛出現就這樣對我說。

而我則是愣在原地，既沒有像卡通那樣誇張大叫，也沒有揉揉自己眼睛，但要說是異常冷靜或是早想到會有這麼一天，亦非如此，僅僅是因為資訊過於龐大，無法處理導致當機而已。

所以我思考了三秒後，裝作什麼都沒看到地轉頭跟朋友攀談。

儘管已經對上過目光，不過只要裝死不承認應該就沒問題了吧？

何況那個人就算要說是月老未免太過年輕俊美，反倒更像民初時期的學生一般，還戴著標準徐志摩式的圓眼鏡。

「別裝作看不到我啊！我都找了你好幾天了。」有些委屈地，他在我眼前亂竄著揮手，隨即開始自我介紹：「我叫羅錦鐘，是新上任的實習月老，為了完成最後的修業才現身請求你的幫忙。」

短短幾句話我是不會信的。

退一百步來說就算我真的撞見活人以外的生物好了，誰知道會不會是別的東西在裝神弄鬼？何況我一沒開天眼二沒作夢，真的有人的天命是用如此簡單粗暴的方式硬塞過來的嗎？我明明之前查過，大部分情況還是會詢問一下當事人的意見才對啊！

雖然更有一大部分是當事人即使不願意，為了正常生活不得不同意就是。

「看來你不相信我呢。」注意到我的臉色變化，羅先生說。

「我可以理解，換作是我也很難相信吧。既然這樣，那就以你的朋友為例好了？張善喻，今年二十一歲，曾經有過四段姻緣，可惜都不是正緣，最短的一段應該是今年三月的事情，剛好是在前兩個禮拜分手的吧？所以才請你陪他一起來求姻緣。雖然目前還不會有正緣，不過離開廟之前會遇到一位跟他有一面之緣的女性。」

他的表情非常誠懇，明明是八卦卻說得像是工作報告一樣，令我不禁有些動搖。可最後讓我舉旗投降的，不是我朋友在離開宮廟後一直念念不忘與他擦身而過的女性容貌，而是他在我離開前說的那句。

「之所以不說你，是因為你的緣分也還沒到。雖然沒辦法說幫個忙就能讓你得到你理想中的真命天子，但如果可以判斷出自己有好感的對象是正緣還是單純的緣分不也是毫不吃虧嗎？」

對處女座來說，浪漫不是必須。

但如果能讓本來就特別耗費心力的戀愛變得可以及早判斷止損，這樣的生意怎麼會有傻子不願意去做!!

因此我在此留下紀錄，紀錄我從那天開始與實習月老羅錦鐘，合力完成人間修業所發生的一切故事；順帶一提，這篇文章是要拿去投稿文學獎的。

如果做一件事情可以同時獲得不同的好處，那當然是多多益善啦！

♥ ♡ ♥

「就算說要幫你，我也不知道怎麼幫啊？」索性把記錄到一半的文件存檔關閉，我轉身看向羅先生。

我原以為所謂的幫忙，意味著我會成為乩身或通靈師父，最起碼會被收為義子或者開個天眼，結果不然；自從答應至今已經過了五天，我一樣好吃好睡，別說是看到什麼，連噩夢都沒做過一場。

眼前的人看起來也不像是還有什麼需要準備，擺明一副「你答應我了，現在我們脫離不了關係」的模樣。

聽到我這麼問，羅先生露出了錯愕的表情，好像終於想起自己漏了什麼，馬上又板起臉孔裝模作樣咳了幾聲。無論如何我現在確定他說自己是實習生這點應該不假。

「咳嗯！說得也是，那我再從頭跟你說明一次好了。」羅先生閉起眼睛捏了捏自己下巴後道：「就如同我在廟裡跟你解釋的一樣，我是今年新上任的實習月老。你也知道月老的職權是掌管百姓的姻緣，雖然大部分的緣分都已經訂好了，不過除了所謂的正緣之外，還會有很多不同的緣分；這些緣分有的可以幫助成長，也有的可能會造成傷害，如何引導百姓找到屬於自己的正緣，便是每個實習月老必須親身學習的事情。」

「也就是說，你的任務是要撮合別人談戀愛對吧？」我雙手抱胸問。

「天啊！祈祈你真厲害！怎麼可以一下就抓到重點？」

「廢話少說，所以我要幫忙的部分是什麼？幫你去找需要對象的人嗎？又要怎麼撮合他們談戀愛？還有需要撮合幾對才算合格？」

「等等等，你一下問這麼多我沒辦法回答啊！」羅先生慌張揮手。

「你說得對，月老最大的工作就是撮合別人戀愛，不過老實說上面也沒特別指定對象或是數量，只說到那個時候就會知道了，所以我猜大概先湊個五對吧？」

看著羅先生滿臉天真張開雙手的表情，我感到有點頭痛。

這些神明是把話說清楚不行是嗎？

不過想到祂們不僅對人民百姓，連對待同樣的神明預備軍都是天機不可洩漏的態度，突然心情好了一點。

「所以只要隨便湊五對就結束了？這麼簡單？」

「當然不只有這樣。這麼說對你有點不好意思，在實習過程中你是作為神明代理人的身分，也就是神明跟人之間的橋梁；因此在完成任務的同時，讓對方知道這是神明賜予的緣分也是很重要的一部分。」說著羅先生食指指向上方。

「懂了，不能以我是紅娘的心態，而是要用月老的名義對吧？」

這倒不難理解，任何宗教都是如此；不論無條件提供多少善意都不要求回報，而是把一切榮光歸功於上帝或是佛祖。

事實上信徒們累積了自己的陰德，除了內心的滿足跟成就感以外，那些曾經受到照顧的人回饋到宗教上的有形利益，最後還是會成為滋養信眾的一部分。是一種互利共生。

然而我就不同了，儘管抱持著寧可信其有的尊重態度，要我馬上變成虔誠的信徒也太過強人所難。所以比起心中飽含大義的正常信徒來說，我與這位實習月老只是利益交換的關係，在某種程度上反而更簡單明瞭地好溝通呢。

「不過，你現在是實習生吧。有掛名宮廟了嗎？」點出電腦內建的便利貼功能，我把目前所知簡單記錄上去。

「有啊！畢竟台灣有月老的宮廟太多，即使說彼此都是同一個源頭的分支，也還是有地域之分，所以我現在算是天天開心宮的實習月老。」羅先生驕傲地拍拍自己胸膛。

要說天天開心宮，雖不到大甲鎮瀾宮或是行天宮之類那樣又大又知名，卻也算是這縣市上頗具盛名的宮廟；華美的磚瓦、鼎盛的香火，歷史價值不說，其靈驗程度有目共睹。

在我的印象中，陸客來台旅遊盛行的那幾年，可是每週都有好幾輛遊覽車為了參拜而來，即使後來台灣跟中國的關係越來越敏感，流失的參拜人數也很快被外國觀光客遞補，其他縣市特意下來的香客亦是絡繹不絕，算是提到這個縣市時無人不知、無人不曉的著名景點了。

「我還以為當初在那邊看到你只是湊巧。」

「我也沒想到會遇到你來參拜，現在街道跟以前都不一樣，即便知道住址也不知道如何找人呢。」羅先生掩嘴笑了。

「跟以前不一樣？你的意思是你以前也是這邊的人嗎？」我有些意外。

但想想也是，很多神明是實際存在的人民或動物變成的，所以實習神明曾經是人也很理所當然。只是看到羅先生毫不猶豫地點頭承認，還是有那麼點衝擊。

「對啊，我五十年前還是這裡的居民呢。雖然是另外一個村的。」他說。

「五十年前?!那你都可以當我爺爺了！不過五十年前死的，表示你花了五十年才當上實習月老？這個時間也花得太誇張了吧？」

「呸呸呸！你個小兔崽子懂什麼！」故意換了當年的口氣罵我，羅先生再次拍拍自己胸膛說：「你沒聽過天上一天人間一年嗎？你爺爺我可是有史以來最快考上月老的高材生呢！」

「可是就算五十天還是很久啊？」即便不知道考試的內容，我還是不能接受地反酸。

果然，羅先生那張清秀的臉被氣得眉頭扭曲起來。

他一下瞪著我，一下左右看看，隨即像是想起什麼似的用力鼓掌，並指著我書架上準備高普考的參考書。

「這個高普考是公務員考試吧？月老也是天上的公務員，你就換想成一個人只花五十天學習準備便考上公務員，如何，還會很久嗎？」

「這樣的話確實是滿厲害的啦。」看他驕傲的表情，我聳聳肩裝作不太甘願地回答。

「當然！而且還是從來沒學過的專業跟內容，一般來說從學習到正式考試準備大半年都很正常，大部分考過的人多是花了一、兩年的時間準備呢！」

「喔齁，不過你都死了五十年，剛才也說街道的變化讓你適應不能，可我看你說話這麼普通，跟現代年輕人沒差多少的樣子啊？」忍著把那驕傲鼻子掐斷的衝動，我轉移話題。

再次澄清，真的不是我不夠虔誠或是不懂敬老尊賢，而是這位羅先生從外貌到氣質到口條都真的太平易近人了。

漫畫《棋魂》裡的佐為好歹還有超古風的服裝跟紫色唇色來強調他異於常人的存在，但羅先生就是一個復古、簡單、純樸的路線，雖然外型看起來不像是這個年代的人，也就僅僅如此。

所以會不小心忘了他的身分，忍不住照著他的外表年齡當成朋友對待，自然是合情合理的事情。

「真的嗎?!」出乎意料，羅先生反而很高興。

「雖然沒有規定每個人都要學習現代的說話方式，不過為了不會讓你感覺不方便或是聽不懂，我可是做足功課才下來的，看起來有達到我想要的效果，真是太好了！」

「欸？是故意的嗎？」

「當然，你們這個年代會說台語的人已經很少了吧？我那個年代雖然是以國語為主，但還是很多長輩只會說台語或日語，用詞跟現在又不太一樣，我聽說現代人比起這些花更多精力在學習英文上，所以還特地惡補了一些，像是ＬＫＫ或是ＳＰＰ之類。」

「等等那個已經是死語了啊!!」我忍不住發自內心大喊：「現在能聽懂ＬＫＫ是什麼的人才真的ＬＫＫ啦！」

「什麼！真的嗎？那KUSO呢？這個現在應該還有人用吧？」

看著羅先生大驚失色的表情，我第一次在他身上感受到了貨真價實的年代感。

♥ ♡ ♥

花了一點時間跟這個外表看似年輕的老人確認他所學的內容大部分都已經跟不上年代之後，話題終於回歸正軌。

目前已知的內容是，我必須以天天開心宮的月老代理人身分，幫助這位實習月老完成他最後的任務。而任務內容除了最直接的湊成情侶以外，也包括幫忙提升天天開心宮的月老名聲，拉攏更多年輕人前往參拜等等。

老實說天天開心宮雖然靈驗，但靈驗的部分主要是在求財跟求學上，月老的部分就跟其他宮廟一樣，只是作為正常的一環而存在，並沒有太過知名；不過因為宮廟本身有名，所以當地年輕人還是會前來參拜求姻緣。

「聽你這樣說，實習的月老應該不只你一個吧？」

「是啊，就我所知今年應該有五位，剛好散布北中南，怎麼了嗎？」羅先生一臉和善地看著我。

「你們……應該不會變成什麼代理人戰爭，要我去跟其他實習月老的代理人對決才能選出最後的新任月老吧？」而我右手托著下巴，嚴肅地望回去。

我漫畫看得很多，像這樣的通靈王大戰再熟悉不過了！

不管是要我拿著精裝的厚本本大喊「薩喀爾」，還是要「阿彌陀丸 in 春雨」，對我這種不過是會計系修業中的普通大學生來說，都非常有難度!!

還好羅先生似乎並不清楚我在說什麼，一會兒才露出猜謎搶答者會有的表情。

「我知道了！你就是俗稱漫畫看太多搞不清現實的宅男對吧！」他十分興奮地指著我的鼻子，又說：「怎麼可能，我們都是同屬月老旗下的姻緣部，就算會因為宮廟地域不同，在處理事情或習慣上有所差異，但彼此是互助的關係這點是不會變的。

「反而你倒是提醒了我，在下來之前，前輩們有說最近信徒的喜好變得越來越難懂，除了有把動漫人物當成理想型，好像還多了什麼『逼兔博』？總之，雖然大部分的月老對於這方面的要求都會先用笑杯解決，還是必須抽出時間與時俱進，所以這也是我們下凡實習的目的之一。學習以及教育，傳播正確跟神明連線的方式。」語畢右手摀住胸口，眼裡滿是信念。

那神聖且充滿熱情的目光，令我感動之餘只能抓頭掩飾尷尬。

太沉重了，這種重量不光是神明與凡人的差距，更是「努力家」與「廢宅」的距離；如果本是抱有信仰的香客，此時應該會痛哭流涕並發誓永遠歸於神明座下吧？

相較起來這麼偉大的工作交由我這般無事不登三寶殿，只會臨時抱佛腳的假信徒真的沒問題嗎？

「話說回來，既然已經答應你了，我身為男人自然不會臨時反悔。可是你要我頂著月老代理人身分辦事……我說老實話，算到上次為止，我去天天開心宮的次數這輩子可能還不到五次，更沒有認識的人，在外面亂說什麼應該會馬上被抓走吧？」

「啊，那個你不用擔心，我們會負責託夢處理。」羅先生自信地豎起拇指，好似這不過是不值一提的小事。

「那我應該怎麼幫忙才好，別說是紅線了，我連鬼影都看不到，完全不懂該做什麼。」

「你誤會了。」羅先生有些苦惱起來。

「月老管的是姻緣，活人跟活人的那種，所以當然不會看到鬼影。」他誠懇的表情彷彿怕說話太直接會傷了我的心一般，一會兒又小心翼翼提議道：「還是說祈祈你對這方面很有興趣？那我、我可以去幫你問一下有沒有暫時開天眼的方法！或是我跟你描述一下？像是你家隔壁就……」

我一時之間竟猶豫要不要繼續聽下去。

不對！現在問題是這個嗎⁉

不願意話題再被扯遠，我忍住好奇心，抬手示意羅先生暫停，才捏捏眉心嘆了口氣，好好地平復心情。

「我的重點是要怎麼『做』，我既看不見也搞不懂，甚至沒有相關經驗，除非你們需要的只是幫忙打打廣告，再把人帶去宮廟就好？如果是的話，建議你們找行銷系的學生會比較適合。」

「當然不是這樣。儘管跟祈祈你預期的看到紅線類型不太相同，的確有可以讓你判斷對方緣分的方式。」羅先生的神情竟然比剛才更猶豫。

這令我在意地馬上追問：「是什麼？」

「呃——這時候才說這個似乎有點晚，不過祈祈你真的沒問題嗎？一旦你知道了，或者說得到了這個能力，除非修業結束，否則你都沒辦法拒絕成為月老代理人喔。」

於是我們現在來到外面街上。

羅先生說要到人多一點的地方比較好示範，因此特地選了百貨公司附近的鬧區；一是我不想被學校同學認出來，二是這裡不乏年輕情侶，反正都是要偷看，順便看看那些人是不是在跟自己的真命天子或天女交往不是比較有趣嗎？

至於為什麼會選擇同意？是認為事到如今再來反悔已經太遲了。我雖然討厭麻煩，同樣也討厭被吊胃口，更討厭被添了麻煩之後事情沒解決就莫名其妙結束。

所以不如一口氣好好做完、彼此好聚好散，才是最有效益的解決方案。

「我剛才跟其他前輩報告過了，不過祈祈你真的決定了？」

「決定了決定了。」看著飄回來的羅先生，我用力點頭。

「那就閉上眼睛，然後把你的手機拿出來。」

縱使這個要求有點古怪，我還是乖乖照做。

我看不到羅先生做了什麼，但我的額間像是被塞了一顆燈泡一樣，溫暖而明亮的感覺傳進大腦裡。

「完成，你可以張開眼睛了。」

「……就這樣？」

「還沒。」羅先生指指我手上拿著的手機，「你打開拍照功能，對著隨便一個路人試試看。」

老實說我一開始還挺失望的，畢竟張開眼睛後的世界跟之前沒有任何不同，不僅沒有出現羅先生否定過的紅線，其他人的身上更沒有浮出任何註記。

就當作是被騙吧。我戳開手機內建的拍照功能，對著馬路對面正在等紅路燈的女性；那位女性打扮時尚，臉上畫著精緻的妝容，還頻頻低頭看著手機發笑，無論誰看到都會認為她不可能沒有追求者，因此我判斷這樣的類型將來踏上婚姻這條死亡之路的機率應該滿高的。

而手機畫面就像是驗證我的猜測一般，不知道什麼時候追加的人臉辨識功能清楚框住了眼前女性的腦袋，我趕緊伸手再一戳，畫面像是拍照一般暗了一下，隨即跳出一個我手機裡絕對不曾出現過的**APP**介面。

與其說是介面，更像是什麼分析網站一樣。

剛才被拍照的女性長相列在最上方，以漂亮的圓型花圈裝飾，其下是姓名、年齡、性別；光是這樣就已經足夠離奇，突然間，畫面上的大頭竟閃爍幾下，一條紅線從邊緣延伸出來，繞過她的名字，往下圈出好幾個大大小小的圓圈。

從最上面開始，圓圈裡慢慢浮現出人臉又暗掉，連同圈在外面的紅線也變成黑色。當我正疑惑地盯緊螢幕時，羅先生猛地大喊起來。

「祈祈等等！那個女生走過來了！」

「什麼？」我納悶抬頭。

何止是「走過來」三個字可以形容，那位女性拱起肩膀、雙手握拳，滿臉怒氣地直瞪著我，原本還沒搞清楚狀況，可仔細一看，我高舉著右手，根本毫不掩飾正對準著她的鏡頭，會被誤以為是變態在偷拍騷擾也是理所當然的事情。

雖然借用了她的資料是事實，但我並沒有真的拍照，等等……

我手機上現在這個畫面是只有我可以看到的嗎？

「怎、怎麼切換不出去？」用力戳著螢幕下方的圓形按鍵，本應跳回桌面的手機卻沒有任何動靜。

「快點！快點她要過來了！」

女性已經走到中央分隔島，想著要是多做什麼才真的會跳到黃河也洗不清，我只敢默默移動兩步，臉上依舊維持鎮定。

然而不知道是紅線還沒跑完的關係，還是我使用錯誤，畫面說不動就是不動。

我壓低音量追問羅先生：「沒、沒關係吧？反正應該只有我能看到？雖然我看不到現在真正的畫面，但應該沒有問題？」

「你在說什麼啊？為了能讓你看到當然調整成凡人都可以看到的介面了啊！你又沒有天眼!!」

「靠夭啊！那你剛才做的那些步驟都是假的嗎？現在怎麼辦啦！怎麼關掉它!!」

「我不知道啊!!」跟雖然崩潰卻不能大喊的我不同，羅先生完全沒了原本氣質的模樣，雙手抱著腦袋▽說：「我只學會了怎麼使用它而已，所以才叫你選人多一點的地方啊！」

「你是只會開機玩遊戲的老頭嗎啊啊啊啊⁉連我爺爺都學會怎麼關電腦了好不好！」

三步、兩步，眼看那位女性跟我之間的距離越來越小，我已經做好最壞的心理準備，就在此時，女性突然打了站在我身邊的男人。

「張浩強！你剛傳簡訊說要分手是什麼意思！」

啊⁇

我站的位子距離紅綠燈不過一大跨步，由於這個街口算是鬧區的大門，所以一直以來都有不少人會站在這邊抽菸或等人。然而像這麼剛好的八點檔發展完全在我的預期之外，說是運氣好也罷、神仙保佑也罷，總之，沒有空閒看八卦的我趕緊摸摸鼻子裝作有事離開現場。

有了這次教訓之後，我轉前往人煙稀少的巷弄內，同時戴上無線耳機；感謝無線耳機的存在，方便、好用，還可以隨時假裝自己在跟別人講電話。我已經不想再拚死壓低音量了，那種明明快崩潰還要憋住的感覺實在對健康太不友好。

拿出還停在奇怪介面的畫面，仔細地重新看了一下；剛才無法退出似乎的確是因為那位女性的紅線還沒跑完的關係，現在全部跑完之後，最下方就多了一個圓圈中畫著叉叉的按鈕。

那位女性姑且稱她為A小姐好了，她的緣分還真是多到不可思議，從頭算下來大大小小總共有四十七個圈，其中有四十五個圈是黑色的線，而黑色線圈中又有十八個的畫面變成灰黑色。我注意到最後一個灰黑色的圈圈中正好是剛才被打巴掌的那位男性的臉，伸手一戳，一張更清晰的照片從小小的圓圈裡彈了出來，下面寫著的人名與方才女性喊的名字一模一樣。

「不會吧？這是我想的那樣嗎？」我忍不住摀住嘴巴。

「雖然不知道祈祈你想的是什麼，不過大概八九不離十？」冷靜下來的羅先生伸手指著我的螢幕畫面解釋：「之前也說過緣分是會變動的，但在變動之前還是有大致規劃好的安排，準確率大概七成左右吧。然後祈祈你現在看到灰黑色的人物，就是緣分已經結束了的意思。」

「這個還挺好理解的，不過為什麼有些線是黑色的，有些是紅色的？」

「黑色就是我們說的一面之緣，也就是說雖然有緣分，但沒辦法走到最後。有可能是沒辦法步入婚姻，或者步入婚姻也會慘澹收場等等；當然不是說這種緣分一定不好，這樣的過程也有很多可以學習成長的部分，只是為了方便才會用黑色的線條區分。順帶一提，圈圈越大表示緣分維繫的時間越長。」

即使是爛桃花也可以用來培養眼光嗎？

我咀嚼著羅先生的說明，一會兒才提出反問。

「那剩下的就是正緣了嗎？可是為什麼會有兩個？」

「一般會覺得真命天子只能有一個吧？」羅先生笑了笑。

「我第一次學到的時候也很驚訝呢，但人與人的緣分並不是離開了誰就會世界末日，好聚好散的情況或者是對方過世的情況，通常都會被歸類為正緣。與其說這個人是正確的，不如說是跟他在一起的過程都很愉快，彼此獲益良多的感覺。」

「原來如此啊。」

我戳進位於中間的紅線圈圈，跳出來的照片是一位跟之前風格完全不同的男性，如果說前面都是年輕風流的夜店咖的話，這位就是沉悶無趣到幾乎是工程師化身的長相。

要是光從走向來看，是個毫不意外會被認為年輕女性玩夠了找個飯票安穩過日子的故事；可是看著這個比其他大了不只一倍的圈圈尺寸，想到這位才是讓她穩定下來的正緣，又莫名有種勵志浪漫的感覺。

「順帶一提，這位女性的姻緣線還滿乾淨的。你看她是一條線一直往下延續，縱使有很多圈圈，卻皆是一段緣分結束才開始另外一段，若是腳踏兩條船或以上的情況，可是會根據狀況分岔成數條不等的路線呢！」羅先生推了推眼鏡。

「就算是這樣，她的黑線圈圈也太多了吧？而且第一個正緣結束之後對象全都變成女性了？」

「大概是因為太過深愛她的丈夫，所以不願意跟其他男人交往吧？也是有這種渴望被愛，又認為這樣的行為是在背叛對方，而做出跟以往不同選擇的類型。不過其實在遇到正緣之前，大部分人都會遇到很多次一面之緣，畢竟還是帶有『一面』這個擦身而過的涵意啦！」

「雖然不是不能理解，但如果像你說的都安排好了，又有七成的準確率，那還要找月老做什麼？」我有點茫然地抓抓後腦。

羅先生的表情卻比我更加困惑，他像是沒預料到我會提出這種問題，不可思議地瞪大眼睛看了我好一會兒，才誇張又老派地搖頭嘆氣，彷彿連要花時間解釋都令他感到遺憾一般。

「當然是求月老讓自己快點遇到正緣啊！或是希望自己的正緣可以更符合預期等等。畢竟即便說是自有安排，人類的成長跟變化也並非可以完全預期；往好的方向就是告訴神明你已經做好準備，也有所成長，所以希望月老幫幫忙，加快遇到緣分的速度。」

「這個解釋我可以接受，那往壞的方向呢？」我點了點頭。

只見羅先生右手掌心朝上平放在胸前，有力而快速地把食指跟拇指尖點在一起。

「當然是給點賄賂拜託神明稍稍走點後門囉！」

♥　♡　♥

「對了祈祈，你爺爺真的會關電腦嗎？」顯然在意了很久，羅先生等我一關掉畫面便問。

「會啊。他老人家電腦玩得可好了！雖然最近都是用平板，不過之前為了打麻將跟看股票，可是每天都黏在電腦前呢！比起來，某個連自己的道具都不知道怎麼使用的實習生，你真的是史上最快完成修業考試的實習月老嗎？」

想到剛才的緊張氣氛就有氣，我故意挑了挑肩諷刺。

羅先生馬上皺緊眉頭，一張臉憋得像是想反駁，又怕變成找藉口的模樣，許久才滿臉不開心地雙手抱胸開口。

「那有什麼辦法，你也知道這五十年的變化超大，想我當年連 BB Call 都沒有，又怎麼會這些東西。你能想像我明明前幾天還在寫申論題作答，後幾天就看到一個新來的考生拿著一台叫平板的東西填答案卡的心情嗎？要是再過幾天還不知道會變成怎樣呢！」

「這麼說也是啦。」儘管對現代人來說是不可或缺的東西，可智慧型手機發展以來其實也不過十多年時間，因此乾脆轉移話題：「那麼既然已經知道使用方式了，我們現在就去天天開心宮吧。」

「欸?!今天就過去嗎？可是還沒有託夢呢！」

「就是要趁還沒有託夢的時候過去啊，等到託夢結束身分就不一樣了，哪還有辦法好好觀察。」

這是事實也是藉口，但更主要的原因是，有了這麼好用的東西當然得努力試用看看，咳，我是說要好好測試一番。

如果照羅先生所述，姻緣是可以變動，也會因為誠心參拜而變動的話，沒有什麼比直接去廟裡確認更快的方式。我騎上機車，從鬧區這邊過去不過五分鐘的路程，只是不知道接近黃昏的現在是否還有信眾正在虔誠參拜。

好在運氣不錯，才一踏進宮廟便看到一對兄弟正在往放供品的大紅盤上放置各式各樣的糖果跟紅棗；糖果還有可能是用來甜甜其他神明的嘴，然而通常帶有早生貴子涵義的紅棗則取向明確到不行，標準為了拜月老才會特地準備。

已經有了一次經驗的我，這次把手機放得很低，螢幕更是對準自己大腿，一副只是隨手拿著手機的路人。沒錯，就算我看不到畫面無法確認也沒關係，只要讓羅先生幫我確認就可以了！

「不行啦祈祈，如果沒有拍到正臉是沒辦法找出對應資料的。」

怎麼這麼麻煩啊?!

作為神明你們設計出來的東西不是應該直接掃描當事者的靈魂嗎??

忍住抱怨，我假裝欣賞廟裡的一磚一瓦，同時左繞右晃地想辦法在羅先生的指揮下對準當事人的臉，總算在那兩人擺好供品之前對到了。這位被我拿來當參考範例的男性就暫且稱他為B先生好了，B先生的姻緣線不長，剛好在他點香的那段時間全部跑完，簡單計算一下：總共十二個圈圈，其中有三個已經暗掉，但他的正緣不僅是倒數第二個，還比某些一面之緣來得小。

「要開始拜了。」看到B先生走向月老，羅先生趕緊出聲提醒：「等他拜完之後還要重新掃描一次才會更新。」

「還要？」我皺了皺眉。

「對啊，我們這些實習月老可以即時看到變化，但是祈祈你不但沒有天眼，對這方面的感應也比較弱，所以只能用這種方式。畢竟就算再怎麼神通廣大，科學跟宗教總是互相抵觸嘛。」

敢情沒有天眼還算我的錯囉？

明明說天眼是拿來看鬼，跟看姻緣沒有關係，現在卻用這種理由搪塞我……也罷，光是想到這些情報變成裸眼VR會有多妨礙日常生活，便覺得無知無能也是一種福氣。

天天開心宮不大，不像有些宮廟還有二、三樓要爬，但算下來也有六口爐要拜，為了確保自己掃到的是更新過的資料，我等B先生跟他朋友的香全都插完之後，才再次找機會掃描B先生的臉孔。

這一掃下去，果真跟剛才有不同的變化，圈數不僅從十二個銳減成七個，正緣的圈圈更是增加為兩個，只是這兩個並非連貫而下，反倒是緊接在已經結束的灰色姻緣之後，以分叉的方式變成完整兩條路，每一條後面又都接了一個黑色圈圈。

「這是怎麼回事，他同時劈腿嗎？」退到離B先生有段距離的地方，我左手按按耳機裝做正在講電話。

「不是不是。」羅先生趕緊解釋道：「要是劈腿，中間的線應該會合併在一起才又變為分岔，這樣看來多半是符合他正緣的選項有兩個，且還不確定會走上哪一條路才對。」

「還有這種的嗎?!仔細一看這幾個人跟剛才出現的人也不一樣！」

「多少會有，不過一般是出現在上輩子積了很多陰德，或是像這樣當事人前來虔誠參拜的情況。之前也說過，原本的姻緣只是因為這個人上輩子累積下來的德性跟緣分而構成，所以當事者如果可以清楚告知自己的理想型，對月老來說也是比較好處理的狀況呢。」羅先生說著聳了聳肩。

「可是變動幅度這麼大，不是說好準確率有七成嗎？」看著這因為一盆糖果跟紅棗就大洗盤的姻緣線，我不太能接受。

當然，從參拜者的角度來看，自己的希望能被滿足是好事，也意謂著神明非常靈驗。

可是以旁觀的立場，也許是眼前的差異太大，或者說變動得太輕易，反而令我有種命運變成玩笑話的感覺。

「祈祈的表情真是好懂呢。反過來說，明明這麼容易改變的命運，為什麼會有七成的人還是走上既定的道路呢？」

羅先生柔和的表情看起來有些無奈，我原以為他會反駁或者說些諷刺的話，但因為反問得太過自然，所以我也不自覺地開口回了。

「因為人們不相信命運可以被改變嗎？」

他點了點頭。

隨即伸手指著畫面上最後的兩個黑圈。

「當然不是說命運一定可以完全變得不一樣，像這位先生不管參拜前後都還是會有一段一面之緣，這是因為他的命運註定沒辦法跟正緣走到最後。也許這次參拜讓他的姻緣變得比起以往順遂一些，只是未來也說不準會再有什麼變化。」

02 現代化宣傳方式

離開天天開心宮之前，我順便掃描了B先生旁邊的那位好友。

原本想著沒有前後對照可能只會出現無聊又順利的結果，沒想到那位先生的姻緣線意外亂到不可思議的程度。

如果說分岔又連回去代表劈腿，那他的感情線都已經可以用串燒來形容了，甚至有一次腳踏八條船的。而且我來回看了五次，都沒有找到紅色圈圈的正緣。

「真是斯文敗類。」飄在我身邊，羅先生氣憤罵道：「像那種打從一開始就沒心的人，就算來廟裡拜個千百回也不會有多大變化！」

「不過像那種表面看起來人畜無害、實際上玩得亂七八糟的垃圾，從古至今都不少吧？」碰不到羅先生、只能口頭安慰的我說。

即使以貌取人是不好的事情，但老實說我只訝異於他的感情線可以精彩成這樣，而非驚訝他的長相跟為人不搭，畢竟新聞上太多類似案例了。

相較起來，我更在意羅先生有沒有感受到變化這件事。

「變化？什麼變化？」好吧顯然沒有。

「你不是說在人間的實習內容是要撮合姻緣嘛，我想說剛才B先生變化那麼大，應該算是有成功？」

「啊！」羅先生這才後知後覺地叫出聲，可惜不到一會兒他又垮下肩膀。

「沒有，別說變化了，門神大人還一臉我在這邊坑什麼，快別窩在宮廟裡浪費時間的模樣。」

聽他這樣一說，害我忍不住看著門神像打了個冷顫，即使是他們的地盤，知道有神正在盯著自己的感覺還是有點詭異。

回到家後我先針對目前所知的狀況做簡單的整理。

首先是紅線的使用方式：只要拍攝當事人的正面就會跳出當事人目前被安排好的姻緣線，除非跑完否則無法關閉畫面，而且除了我之外的人也可以看到內容。把最後這行用紅筆圈了起來，我在心裡告誡自己務必謹慎使用。

剩下比較麻煩的是，要撮合怎樣的姻緣才算有效；其實廟裡的參拜者不算在內本來就是預料之中，雖然不知道能不能同樣類比，倘若以商業角度來看，即使鞏固老客戶很重要，然而要想被認為有在認真做事，果然還是得開發新客戶呢。

因此，恐怕不僅要幫助信徒找到自己的正緣，還需要從根本之處下手，吸納像我這種無神論者為信徒，才能達到效果。

「既然這樣，我們快點去尋找新的信徒吧！」聽完分析，羅先生充滿動力地握緊拳頭：「我記得以前村里會有傳教士傳教，雖然有點意外現代人的信仰如此淡薄，不過一方面來說也正是傳教的好機會吧！」

「好機會……個頭啦！」我直接翻了個大白眼。

「不是嗎？現在人口比以前多，只要能讓他們感受到神明的能力，一定可以吸引到信徒的！」

「照你這麼說，那為什麼現代人還會信仰越來越淡薄呢？像你這樣的實習月老應該不是第一次下凡吧？」

看著稍早才在教育我「人們不相信命運可以改變」的羅先生陷入沉默，我想這個話題多半不用繼續下去。

掏掏耳朵，我對著手指吹了口氣。

「先不說那些，想要像以前那樣挨家挨戶傳教是不可能的，我可不想被列為可疑人物或是被扭送警局。」

「什麼?!我是有稍微耳聞……現在的人真的已經冷漠到鄰居間敦親睦鄰、守望相助都不行了嗎？」羅先生誇張地縮了縮肩膀。

「呃……我是不知道傳教跟守望相助有什麼關係啦，不過大概就是如此吧。」

不死心地，羅先生再次提出建議：「那像和尚一樣在街上化緣呢？或者我們可以改成發傳單？」

「先不說我沒有義務去負擔傳單的製作及成本，這樣做一樣會被當成可疑人士帶回警局吧？而且如果要發傳單的話……」我動一動滑鼠，點開幾個大眾常用的社群網頁，並用關鍵字找出商品廣告的介紹說：「現在的人都是改在網路上宣傳啦。」

從小農團購到名牌精品，無論業配文與否，網路上多的是各種喊得出名字、喊不出牌子的商品介紹，搭配精緻或者生活化的照片，自然會有人忍不住按讚、留言加分享。

更別提眾多粉絲團，推銷自家商品不稀奇，就連海巡署、衛生福利部等政府單位，都會不時舉辦抽獎活動，讓更多民眾親近、關心政令宣導。

這樣嶄新的花花世界讓羅先生大開眼界，他盯著電腦螢幕看了好久，像是不能理解為什麼那些廣告可以吸引到成千上萬次的關注一樣。

「祈祈、祈祈你看！那個影片才放出了一個小時就有三百多人按讚！我們也這樣做吧！」再度興奮起來，羅先生不斷用手指戳我的螢幕。

沒有直接澆熄他的熱情，我只是改成在搜尋欄位輸入「天天開心宮」，一鍵按下——

還算不錯，已經有了簡單的粉絲頁面，而且最新一篇貼文就在上個月，是跟文化部合作傳統表演活動的宣傳；儘管不算積極勤快，但明顯還有人在管理，不過五千人出頭的粉絲量有點難判斷是多是少。

羅先生原本興奮的表情隨著滾輪往下逐漸變得失落又困惑，彷彿粉絲數都是假象一般，貼文的平均讚數根本不超過五十。

「祈祈……這網站是不是壞掉了啊？為什麼我們也有影片，但按讚的人數才二十個而已。」

「大概是題材問題吧？」我聳聳肩。

「可是我們這個普渡影片也有捐贈物品，符合你說大家貪小便宜看到有贈品就會踴躍參與的條件啊。還有這個煙火影片，明明拍得很漂亮，也符合你說民眾都喜歡閃閃發光的東西了。」羅先生委屈地癟了嘴。

我思考一會兒，覺得要跟老人家逐一解釋為什麼這些影片吸引不了人實在太耗費精力，索性直接下結論：「無論如何，既然天天開心宮已經有粉絲團，就沒有必要再插足這方面的經營，而且我本來就不打算用臉書來做宣傳。」

「啊？可是你剛才不是說臉書是最普遍，也最多大眾使用的平台嗎？你還找了好多範例給我看。」羅先生一臉錯愕。

「以前是這樣沒錯，但現在不同了，演算法被干涉的結果下，就算觸及高也可能隨時被隱藏，變成除非不斷砸錢進去否則沒什麼效果的行銷流沙洞。何況臉書粉絲團的構成跟使用性早就讓它變得不那麼生活化，與其說是社群網站，更像是商業布告欄；大家在這邊經營自己的工作，同時放上對外行銷用的訊息，某種程度上來說，它的表面性確實符合『臉書』這個名詞，可以收穫一堆對外面孔的大型資料庫呢。」說到跟自己學習內容有關的部分，我忍不住侃侃而談起來。

「雖然聽不太懂，總之就是祈祈你覺得不適合吧。那ＩＧ呢？還是這個黑乎乎的ＰＴＴ？」

「不，雖然有些品牌轉到ＩＧ上宣傳，但其實以ＩＧ的模式跟封閉性，比較適合精品或食品，屬於會想常常看、看了心情很好的商品，如果不是這一類或是精緻照片較少的，很難在那邊搶得一席市場，而ＰＴＴ雖然有飄版，但處理不好也會很麻煩呢……」

大概是因為我表現得很認真的關係，羅先生也緊張起來。

他沒有針對我提出的原因做詢問，而是嚥了嚥口水後瞪大眼睛看著我問：「那、那你打算在哪邊宣傳呢？」

我用拇指磨了磨嘴唇，掩蓋笑意說：「在噗浪。噗浪雖然比起其他平台來說顯得比較小眾一些，不過推廣性跟封閉性並不算遜色，而且因為使用者特性的關係，年齡分布上比較容易找到青少年，很適合作為一開始測試的平台。」

「測試？」羅先生挑了挑眉，似乎不太喜歡這個用詞。

「當然要測試囉！」但我理直氣壯地回嘴。

「我一對宮廟不熟，二沒有實際的行銷經驗，要是憑著一股作氣硬上結果失敗，反而損害到天天開心宮的名聲怎麼辦！」

「這、是這樣沒錯啦……」

果然，一這麼說羅先生便猶豫起來。

先不說他的年代跟現代差距太遠，依照羅先生的外貌跟模樣看來，多半跟我一樣是沒什麼工作經驗的學生……不，光是在五十年前可以讀到高中，便已經是家境不錯的代表了吧？如果讀到大學，那可說是當時的菁英知識分子，也難怪他對自己的學習能力那麼有自信。

對這樣的人，只要好好分析利弊，基本上溝通就不會有太大問題，從這方面來看，比跟我爺爺講話還要輕鬆呢。

「對吧，所以我打算利用噗浪的偷偷說功能，先簡單的測一下風向，至於內容……明天你看到就知道了。」一拍拍胸膛，我不等羅先生回應便按下關機。

我是這樣構想的：先偽裝成一般塔羅或是算命的初學者，募集願意讓我練習面相學的對象，等到做出一點名聲再公開專屬河道，並引導他們去天天開心宮拜月老；如此一來既可以交差，萬一有什麼狀況也可以馬上棄號逃跑，算是最保險的方式。

但這個方案很快就被羅先生否決了。

「所以說了，天天開心宮的名義要打在最上面！」

難得我這麼用心，利用課餘時間在學校幫他思考處理的方案，羅先生不但不感激，還威脅我如果不改，就要把我桌上滿是塗鴉的筆記丟到講師桌上去。

好吧，我同意在課堂上做自己的事情是不好的行為，但我誠心認為光是主修的課程就已經夠忙了，還要上一些沒意義的選修真的很浪費時間，不過比起其他科系，會計系應該算比較貼近實務應用的系所了。

揉揉太陽穴，不能假裝電話中的我只好把回話寫在筆記本上。

「這只是測試！我們昨天不是才討論過嗎？」

「就算這樣也不行！我昨天已經去天天開心宮託夢，你現在是正式的宮廟成員，所作所為就算失敗也是大家跟你一起分擔，祈祈你不用擔心！」

擔心個什麼鬼喔！要是真的失敗了神明是會託夢幫我緩頰嗎？差點把自動鉛筆折斷，我嚥下不莊重的話。

老實說，就連託夢這件事情都讓我備感壓力，誰知道神明在夢裡是怎麼解釋的？而宮廟裡的人又相信到何種程度？就算那些師兄師姐信奉神明，也不一定能接受我這麼一個外來的年輕小鬼說的話吧？

「聽著，你現在是在進行實習月老的修業吧？就算現在被分配到天天開心宮，也不代表成為正式月老後也會分配到同樣的地方吧？」揉揉太陽穴，我試著從另外一個角度說服羅先生。

「是這麼說沒錯，雖然可以提出希望去的地方，但也可能被分配到其他更缺人的宮廟，畢竟不是每個實習月老都可以完成修業。」羅先生點點頭解釋。

「那麼重要的應該是你自身的能力，而不是宮廟的名聲才對吧？還是說你想靠著宮廟的名聲來解決找不到信徒的問題嗎？那要是你以後被分配到沒沒無聞的小宮廟，打算怎麼吸引香客呢？」

羅先生一時之間沒有回話。

我知道這樣的說法是種詭辯，可如果在這個階段沒辦法說服羅先生，執行起來會變得很麻煩的。

下課鐘聲正好在此時敲響，眼看羅先生沒有更多表示，我拿出手機快速把謄在筆記本上的草稿輸入進噗浪，可惜正當我準備按下發送時，羅先生又喊停了。大概是怕光用說的來不及阻止，他大手一揮直接穿透了我拿著手機的左手，即使早就知道他身為靈體，衝擊感還是令我嚇得直接放開手機。

手機摔在桌上的聲音不小，只是同學閒聊的聲音更大，而我看著自己的左手，有些不太確定剛才那彷彿電擊一般的異樣感受是不是真的。

「抱歉！我不是故意要碰你，只是下意識就……」羅先生似乎也被嚇到了。他慌張地不斷道歉，一會兒才偷偷看著我問：「你沒有怎麼樣吧？我聽說像我們這些修行之身的能量會比一般的幽靈還要強大，如果是敏感體質會覺得很不舒服……」

「是、是還好。可是你不是神明嗎？我聽別人說被神明摸到都是很溫暖的感覺！」眼看教室的人潮散得差不多，我小聲抗議。

「我只是實習的，還不是正神啊。」

好吧。

看羅先生無辜又理所當然的表情，我還能怎麼辦。

頂多慶幸自己不算太過敏感，所以只是被嚇到的程度而已。

「算了算了，你是要跟我說什麼？我以為剛才的說明已經夠清楚了。」草草把課本等東西掃進背包，我戴上單邊耳機，準備前往下一節的教室。

「說明哪裡清楚了！」然而這下換成羅先生先跟我鬧脾氣了，他飄在我的側邊，以比我高一顆頭的高度由上往下不斷抱怨道：「你後面寫得又長又亂就算了，還有一大堆只寫了一半跟奇怪部首的字，我看半天還沒看懂你就打算直接發宣傳，我當然嚇到了！」

「啊？部首？」我回想著剛才自己寫的內容。

「啊……你看不懂簡體字呢……」

想想也是理所當然，除了簡體字以外還有日文混在裡面。畢竟不是要交上去當作業的筆記，加上字數一多，一不小心就忘記要顧慮羅先生的閱讀能力，自然而然以自己習慣又方便快速的方式來書寫。

重新口頭說明一次之後，羅先生再次陷入思考，他表情凝重到我不敢主動搭話，索性乖乖專心在成本管理會計的課程上。曾經有人說過，學會計不用數學好，重點在於細心；但我認為如果討厭數學，還是別投入這門專業比較好。

就算職業應該要跟興趣分開，倘若沒有一定程度的興趣，無論是學習還是執行，都會覺得痛苦萬分吧？

這種時候便很慶幸我的個性大概隨了自己父親，屬於「嘴上抱怨幾句，卻還是能立刻從中找到樂趣」的類型，連現在也在思考著如果發展順利，能當個知名紅娘好像也不錯？

「不行，我果然還是覺得不行。」噢該死的，羅先生又拒絕我了。

「或許祈祈你說得沒錯。但我既然是以天天開心宮的實習月老身分進行修業，就必須時刻扛起這個名聲來做事，就算未來被分配到名不見經傳的小宮廟，我也會扛起祂們的名字，兢兢業業完成我該完成的事情。」

聽到羅先生這樣說，我知道這個話題已經毫無迴轉餘地，只能無奈嘆氣。

「好吧，但別怪我沒告訴你，把宮廟名字掛上去只會讓事情變得麻煩而已。」

「麻煩也無所謂。名聲或許可以庇佑一個人，但也僅有人能創造名聲，如果只在有利的時候才肩負身分，那便真成了你口中的投機取巧之徒。」羅先生一臉嚴肅。

告誡完畢，我把重新修改好的宣傳內文給羅先生確認過後終於發送出去，平日下午的偷偷說河道流速不算快，但看的人也不多，也許事情不會像我預計的那麼糟。

「祈祈你真的很厲害呢。」訊息傳出去之後，羅先生突然稱讚起我來。「儘管你說行銷不是你的專門，可是一般人才沒辦法馬上分析出你說的那些平台利弊，也不可能在短時間就規劃好方案吧？」

「就是因為不是專門又沒經驗所以才敢這樣抓點東西就亂搞……雖然想這樣說，不過我確實是有研究過一點點啦。」

「研究？」羅先生歪了歪頭。

眼看白板上的內容已經飛越到另外一個世界，如今再追進度恐怕也無法聽懂老師在說什麼，做好了回家再慢慢復習的心理準備，我繼續在沒怎麼認真記過課堂筆記的筆記本上寫著：「我家裡是開公司的，從小就會跟著父親去公司東看看西玩玩，上國中之後暑假就變成在那邊打工賺零用錢，雖然我大學選了會計系，不過只碰會計的東西太悶了，所以會輪流在不同部門幫忙。即使只是工讀生，也可以學到不少東西喔。」落落長寫了一串，我自己忍不住笑出來，又補充一句：「也可能因為他們知道我是老闆兒子，只好有問必答吧。」

不算有趣的內容令羅先生兩眼發光，還以為他會像一些無聊的同學那樣說什麼「原來你是富二代」之類的言論，沒想到他卻比以往都更加誠懇地雙手交叉放在下巴看著我說：「你第一次開口跟我說家裡的事情，這表示你開始信賴我了吧？我們算朋友了嗎？」

「蛤？」

不小心蛤得太大聲，老師甚至停下書寫的動作轉頭過來看我。

「沒事、我、喉嚨突然不太舒服、咳咳。」說完用力大咳幾聲，機智如我勉強度過這場危機。

不知道如果因此被老師當掉能不能跟神明求償。

「別說這麼恐怖的話，我只是習慣你了而已。再說，哪有跟神明當朋友的啊？我可高攀不起，你千萬別再說這種話了。」

「可是……」羅先生委屈得像是一只可憐兮兮的小狗。

「不行不行，我這輩子造的口業已經夠多了，這個門檻要是跨過去，哪天被懲罰我何其無辜。答應你的事情、能幫的事情我會盡量，但就這樣，乾淨互助的關係對彼此都好。」用最快的速度，我龍飛鳳舞地寫完。

總算得到羅先生的理解。

縱使我們家不信教，之前也說過了，因為我命格特殊的關係，從小家裡的信仰教育就是「飯可以亂吃，話不能亂說」跟「寧可信其有」兩人原則。還記得母親耳提面命地要求我們，可以不信奉任何一個宗教，但一定要尊敬與尊重他人的信仰，所以跟神明當朋友這種美談，還是留在二次元的世界就好。

也可能是商業世家多少會比較現實的關係，真要我說白紙黑字的契約反而還比較無負擔，約定好的事情就照紙本上的內容去做即可，一切清清楚楚，規則跟利益明確；倘若換成情誼關係，朋友間的互助該如何定價、無條件的付出又該到什麼程度，總是會因為雙方的理想不同而產生紛爭。

更別提神怪了，能用一頓祭祀供品解決都還算是小事，ＰＴＴ上眾多怪談故事均顯示，如果因為太過放鬆而越線，那之後要負擔的代價不一定是我可以支付的。

這樣一想，與神相伴多少有種伴君如伴虎的感覺呢。

「因為我還不是正神，不敢說一定能幫上祈祈的忙。但跟神明牽上因緣，未來對你一定會有幫助！」羅先生用力點頭。

「好的好的，我這個人很有大愛，只要神明們能保佑台灣國運昌隆、人民無災無禍就好了。」習慣性地回以幹話，來不及抄老師說下次必考的筆記，我只好直接拿出手機拍照。

不拍還好，一拍差點不小心手賤點下老師的大頭。

這個偽裝成人臉辨識的框框實在是太能引發直覺性行為了，果然還是很不適應啊。

重新拍下寫滿說明的白板，我再次看向仍然站在講桌前的老師。

成本管理會計課在我們系上占了很大的比重，是需要從大二修到大四的一門課程，並且分成了（一）跟（二）的學程。其中（一）學程的老師，也就是我現在這門課的老師，外表十分俊雅，據說已經四十出頭，可光看長相也就三十歲前半的程度，因此非常受到女同學的歡迎。

就像現在，下課鐘聲才剛敲響，講桌前便被擠得水洩不通。當然也因為這個緣故，系上不時會聽到他跟女學生有曖昧的傳聞。

如果我現在重新拍照，就能趁機確認那些傳聞是否為真了吧？可是大家都是成年人，這樣的行為除了滿足自己的八卦欲以外，並沒有任何好處。

明明是為了幫助神明才被迫得到的能力，卻彷彿是在考驗我的道德良知一般，我忍不住在心中嘆氣。

「我突然想到一個問題。」把注意力拉回，我在筆記本上寫下新的疑問。

「要是有人同時找很多炮友，那些人也都會被列入姻緣線裡面嗎？」

羅先生似乎被嚇到了，他的臉無法變紅，但明顯有些手足無措，尷尬地抓抓瀏海掩飾心情說：「你們現在的年輕人真的很大膽耶。……好吧，既然你都問了，這件事情的確有被提出討論過。雖然有月老覺得不談情的愛不該被列入姻緣線，但也有月老認為可能會有日久生情之類的情況，所以如果同時有很多性關係的對象，確實會像你想的那樣，比照一般劈腿的模式依照時間並列。順帶一提，還有不少跟正緣在一起卻劈腿，或是同時有兩個以上正緣的情況。」

「等等？你說有正緣還劈腿就算了，同時有兩個以上的正緣聽起來也太奇怪了吧？」

「咳嗯，我記得資料說這幾十年間有減少，不過近年又有逐漸增加的跡象，這部分也算是實習月老下凡了解的課題之一。」羅先生一副認真講學的模樣。

「不過你應該聽說過《鹿鼎記》吧？」然後分享了一個同時七正緣的幹話故事。

說得也是啦，對我來說非常遙遠的三妻四妾年代，對神明來說應該只是幾個月前的事情吧？何況現在中東國家仍有一夫多妻制，如果只有一個命中註定的正緣，這樣的姻緣也太讓人感到哀傷。

重新消化這個跟印象中不一樣的紅線邏輯，今天的課程總算全部結束。

趁著買晚餐的同時，我拿出手機確認早先發出的噗浪訊息。

由於要發之前才想到新帳號沒辦法馬上發偷偷說，所以這次是先用我自己的帳號發的，河道畫面不出意外早就被其他人的訊息沖掉，但右下角亮著紅點的小鈴鐺提醒著有人回應我訊息的事實。

「說不定是噗友回了其他內容或別的通知吧？」小聲祈禱著，我在羅先生的催促下先點開了小鈴鐺。

ʘ_ʘ和其他32個人回覆了您的訊息。

還好還好，三十二個人應該不算太多，然而點開訊息，將近四百則的消息還是讓我傻眼了一下。

等等你們三十二個人是怎麼把回應數衝到這個程度的??

這樣的水量絕對上首頁了啊!!

「回應好多！這樣算是成功了嗎？」沒能聽見我內心的吶喊，羅先生一臉興奮。

「還不確定，要看了內容才知道。」

故作鎮靜的我在心中默念南無三後開始確認訊息。

由於我噗首上寫的是「誠徵！想被一窺姻緣線的單身男女，免費面相檢測，由天天開心宮月老授權指導」，所以頭幾個留言不外乎是質疑這個噗是否認真，還是只是惡作劇噱頭；但中間開始有人發現天天開心宮是實際存在的宮廟，於是風向轉為猜測這可能是個活動宣傳噗，並逐漸出現有興趣報名的回覆，以及對拜過天天開心宮月老的經驗分享。

可能是因為幾個小時下來都沒有等到噗主回應的關係，情緒冷卻的網友們轉為質疑這是個釣魚噗，又刷了好幾層的午餐照片。就在此時，突然有自稱在地人的網友表示他剛才詢問過天天開心宮，廟方並沒有舉辦活動的打算，更沒有授權別人以宮廟名義在網路上做任何宣傳。

看到這邊，基本上我已經失去吃晚餐的胃口，剛做好、熱騰騰的便當此時如同石塊一般沉重且毫無魅力可言。

「狀況好像……不是太好？」

「豈止不是太好，根本是糟透了！」看著說已經備份好的留言，我思考著如何才不會讓事情鬧到警局那邊去。「你說你已經都託夢交代好了對吧？」

「嗯？對！今天早上託夢的，我們有一套完整的託夢程序，簡單扼要、保證清晰。」羅先生拍了拍自己胸膛。

「我可是相信你了喔。」

把剛買好的便當塞進車廂，我直接驅車衝往天天開心宮。

還好平日傍晚的香客並不算多，為了先讓噗浪上的紛爭告一個段落，我留言表示這件事情確實有得到天天開心宮的月老授權，目前正在跟廟方人員溝通中。才戴上口罩進入宮廟內。

「你說是跟哪位託夢的？廟公？師姐？總幹事？」按著耳機壓低音量，所謂欲蓋彌彰，在這個時間點世界上應該沒有比我看起來更可疑的人了。

「我也不太確定，你等等我去看一下人在不在。」說完羅先生便從我眼前飄走。

那如煙一般輕盈的身影，突然令我覺得人類的適應力真是不可思議。

到底是因為羅先生長得太過正常，如果不去看他漂浮在半空中的雙腳，根本不會意識到他並非活人，然而一旦意識到了，衝擊性便化為壓力墜降至我的肩頭。

他不是活人，他是神明。

也許託夢這件事情是最好證明他是實習神明的方法。

可證明完之後呢？

我真的做好了成為廟方人員與神明之間接軌橋梁的心理準備嗎？我真的有辦法負擔這個對一般人來說過於龐大的壓力嗎？

這跟我私下幫助一個人不同，並不單純是對著朋友兩肋插刀就能結束的情況；甚至牽扯下去，說不定等羅先生實習結束，我也無法從這個身分中脫離。

「祈祈、祈祈這裡！」因為聲音而抬頭，只有我能聽見的羅先生站在不遠處對著我用力招手。「就是現在正在跟人說話的這位！」

羅先生才一說完，他指的那位老兄便轉頭看向我，彷彿也聽見了羅先生的聲音一般。

老兄不老，年約四十歲出頭，是個還有一頭黑髮的粗勇力士。不知道是不是因為背心長得都差不多，天天開心宮總幹事的黑色背心穿在他身上，看起來就像是電視裡會出現的議員一樣。

他如炬的目光令我備感壓力，如果在這時候轉頭離開，會有什麼下場呢？

明明腦袋裡這樣想著，雙腿卻像是背叛我的意識一般逕自向前，並脫下臉上的黑色口罩。

「請問你對我的臉有印象嗎？」我說。

總幹事愣了一下，隨後便大力拍打我的臂膀。

「有印象！怎麼會沒印象！你不就是那個從小被說有神明緣的童家老二嗎？我前些天才跟你爸爸吃過飯，正提到這件事情呢！」

等等這畫風不對啊?!

可惜不等我辯解，總幹事肥墩墩的臂膀直接掛了上來，一邊跟剛才的香客簡單道別，一邊把我整個人拉進他懷裡，等我回過神已經被他扯到角落去了。

「你這孩子真是，跟你爸說的一個樣！」剛驚覺四下無人，總幹事先變了臉責備道：「看起來聰明實際上少根筋，總是算計得不夠。你現在冷靜想想，方才是真的打算當著其他香客的面，問我神明有沒有託夢說讓你當神仙代理人嗎？」

「不、我、我、對不起！」

「算了，你爸也是擔心才會在桌上提到這個許久沒聽他提過的老話題，就當作有緣，當時還有其他幾個宮廟的人在，沒想到你會被我們家月老指定。」總幹事擺了擺手，又看著我解釋：「我這輩子還是第一次被神明託夢，原本想當作茶餘飯後的話題跟我們家那些大姊閒聊，誰知道一早過來廟公就問我有沒有夢到這件事情，還真是活著活著什麼事情都會遇到呢！」

「所以您一看就知道是我了嗎？」縮著肩膀，我回想剛才總幹事的表情。

「那倒也不是，夢裡模模糊糊的，就大概知道有個人跟我們家神明結緣了，是看到你的臉才想起來，也才想到你爸爸。唉唷，你家那個老爸可是出了名的孝夫慈父，每次吃飯不是曬老婆就是曬孩子的照片，要不是這樣我哪認得出你呢！」說著總幹事再度爽朗地拍著我後背大笑。

但我可一點也笑不出來。

小時候就算了，長大還要被父母曬照片光想就覺得尷尬，下次打電話回家我一定要跟媽媽打小報告，讓她管管老爸。

不過這意料外的人際網關係不知道算好算壞，也許離開宮廟後還是得先打個電話回家報備才行。

「那既然您已經知道了，我想跟您討論下網路上的問題。」努力在臉上掛著笑臉，我雙手交握著說。

「網路？什麼網路？」

「就是今天有人在網路上自稱得到貴宮廟月老授權，要幫大家看姻緣線的那件事情。」

「啊……你說那個啊？好像是有這麼一回事吧，怎麼？那是你搞出來的？」

我傻笑著點了點頭。

現在的狀況跟之前又不同了，原本考量的是要如何在陌生的宮廟跟神明之間掌握關係的分寸，既然如今已知宮廟的總幹事跟我父親相識，那麼鬧一下性子應該不會有什麼麻煩。

以常理推斷，總幹事跟我父親的關係也就三種可能：朋友、需要捧屁股的生意往來，或者是被捧屁股的生意往來；無論如何，從這刻開始我添的麻煩應該都會變成我父親的責任，所以我只要盡全力做自己想做的事情就好。

「你這孩子，你們習慣什麼都往網路上放的心情我也不是不懂，但這麼大的事情也得先跟大人商量一下吧？」總幹事皺起眉頭。

「您說得對，沒想到會添這麼大的麻煩我很抱歉。但這畢竟是實習月老的考核之一，為了不被認為是依賴宮廟的盛名，才會決定私下處理，只是還來不及跟網友說明清楚他們就直接聯繫過來，讓我也嚇了好大一跳，都不知道該怎麼解釋才好，我擔心得連晚餐都沒吃就趕緊趕過來，希望沒給天天開心宮的大家添麻煩……」先道歉、再解釋、最後說明自己有多委屈，這樣的公式我測試過很多次，只要不是化為文字變成正式公告，便有很高的機率讓對方被自己牽著鼻子走。

果不其然，總幹事馬上鬆了眉間。

「還沒吃晚餐？都幾點了。不然你在我們這邊吃完晚餐再回去？」

「沒關係、沒關係，我明天還有考試，不能在外面待太久。」客氣婉拒之後，我馬上扯回話題：「我只是想來跟你們道歉，然後說明一下這件事……」

這次換成總幹事打斷話題，他再次親暱地拍著我的肩膀說：「唉唷這小事，沒什麼好處理的。先不說我們家月老會照顧你，光是你爸跟我的關係我也應該好好照顧你。」

總幹事攀親帶故的速度倒是真跟印象中的議員一樣快，我猜他跟我父親應該不是單純的朋友關係，多半有生意上的往來。不過當商業做到一定程度，沒跟這些地方人士來往才是奇怪的事情。這種時候再表示生疏就有些不上道了，我趕緊確認他背心上的名字，擠出自以為可親的笑容。

「謝謝黃伯伯。那如果有網友再問，您可以幫我跟他們說只是個誤會嗎？剩下其他的我會自己處理。」

「當然、當然。你什麼時候考完？我們廟裡最近沒什麼大活動，不過有事沒事都可以來這裡吃個飯啊！」

「一定一定，等月老大人差遣的事情忙完之後，一定會再打擾黃伯伯的。」忍著想把肥厚臂膀推開的心情，我縮著身子點頭哈腰。

唯有這種時候會覺得身為男性真是不方便。

明明只要是會讓當事人覺得不舒服的碰觸就算性騷擾，但若是在這種明顯勾肩搭背把自己當兄弟的情況下有所表示，便會被當成難相處、想太多，甚至懷疑性向。

被迫記下黃伯伯的聯絡方式後，我總算從天天開心宮脫身。為了不浪費已經花下去的晚餐錢，跟我期待已久的蜜汁雞腿排，我決定先等回到宿舍吃完晚飯再上噗浪確認狀況。

說到底，我一對得起自己、二沒對不起別人，本來就沒有跟那些網路鄉民報備或報告的義務，即使網路上的文字會留下紀錄，人與人之間的交流也該是萍水相逢，死纏爛打放在任何時候都只會令人覺得不快而已。

「這樣就全部處理完了嗎？」盧坐在我的機車後座，羅先生似乎還很介懷。

「不知道，我跟黃伯伯說了大三課業很忙，又要想辦法準備畢業論文，所以不希望他跟其他人提到我的身分，因此我猜廟方頂多只會對外澄清確實有人跟廟裡的月老結緣吧？」

事實上被神明收為養子的人不少，確實沒必要大張旗鼓宣揚；何況依照剛才的對話判斷，黃伯伯他們被託的夢也只是大概提到有個年輕人會在近期頻繁出入宮廟，請他們有必要時幫幫忙而已。

「就只說這樣嗎？」羅先生錯愕大喊，隨即提出質疑：「既然都已經跟宮廟解釋了，為什麼不讓宮廟直接幫你掛保證，這樣處理起來不是更方便快速嗎？」

「然後就順便換個衣服，在天天開心宮前面弄個小攤寫著『鐵口直斷』嗎？」我忍不住翻了個白眼說：「那是因為你現在是實習月老，才能確定這一切都是真的，如果你是凡人，能相信這種話嗎？」

「是、是這樣說沒錯……」

回去的路程不算太長，談話間我已把機車停到宿舍樓下。

我先拿出車廂內被悶了一個小時有餘的便當嗅聞，除了冷掉以外並沒有奇怪的味道，應該還可以吃吧？

雖然只是學校對面的小餐館，但這個蜜汁雞腿可是又肥又厚，不僅醃得入味，甜甜鹹鹹的香氣更是光聞就口水四溢，而且它還是只有禮拜三才會出的菜色，要人怎麼能不期盼。

「我早就說過了。」拎著便當上樓，我繼續道：「這種事情越簡單越好，雖然你有你的理由，但我也有我的原因，既然你已經知道我說得沒有錯，那就乖乖聽我的。」

「可是我認為……」

「沒有可是，羅先生。」鑰匙插入門把，學生宿舍的隔音並不算好。

「現在在負起責任、被影響到生活的，是我，而不是你。」思考著說不定會被誰聽見，於是我故意模糊了用詞。

月老的實習固然很重要，但凡人的生活亦同等重要。

不知道該不該歸類為好運的，跟黃伯伯相識的緣分；無法被機車後照鏡照出的，羅先生存在的身影。這些簡單又理所當然的事情提醒了我，萬一出什麼差錯，最終只會有我一個人必須扛起所有問題，因為大家看不到他，也沒人可以證明他的存在，可是所有人都會看見我，舉著宮廟之名、自稱月老授權行事的我。

羅先生沒有再回話。

大概就如他自己所說的一樣，就算他成為正神，也無法保證可以庇佑我，又何況只是實習神明的現在。

安靜的時間持續到我用餐結束，好吧其實也沒多安靜，畢竟我吃飯會配影片。總之等我吃完飯後轉身看到安安分分坐在床上不發一語的羅先生，莫名有種自己是個大壞蛋的錯覺。

我沒有錯，我相信羅先生同樣這麼認為，即使如此，我的用詞跟語氣，多少還是會讓羅先生感到難過吧。尤其是令他意識到自己跟活人的世界有所距離這點。

「我並不是想指責你，只是希望你能諒解，我必須先考慮到自己的生活。」雙手撐在大腿上，我說。

「嗯，我知道。這是理所當然的。不過我不希望祈祈把這一切都當成自己的問題，也許我能做到的很少，但我會盡力幫忙，不會讓這整件事情都變成你的負擔！」

「放心，我可是最會計算的童禮祈，就算你想變成我的負擔，也得要我同意才行。」

滿臉自信地誇下海口，此時的我還沒料到，幾個小時後我的決定就有了天翻地覆的變化。

03 天天開心宮授權月老代理

「開什麼玩笑?!」

「祈祈你冷靜、冷靜點!!」

咆哮聲大到左右室友敲牆抗議，羅先生緊張地直接穿越桌子擋在我的螢幕前。

「冷靜？」並不是因為擔心再有人跑來敲門，我扶著自己額頭深呼吸，「對，我是該冷靜，老實說這種言論也在預料之內。」

「是、是嗎？祈祈你果然很厲害呢。」臉上寫滿奉承，羅先生顯然被我磅礡的怒意嚇到。

但這不能怪我，任誰看到噗浪上那些故意挑釁的言論都會動怒。

也不知道天天開心宮對外是怎麼解釋，那位自稱在地人的傢伙再次留言，表示接到宮廟澄清是個誤會。原本看到這邊還覺得問題得到控制，然而下一層留言卻是他毫不留情地諷刺言論：

「總之就是想太多的小屁孩啦！被說跟宮廟有緣的人我看多了，像這樣沒告知就假藉天意出來的我還是第一次看到，我看廟方是希望大事化小，所以這噗大概晚點就會消失了，大家要備份快點備份喔！難得在噗浪上目睹通靈王的機會耶！」結尾還放了狐寶的表符，嘲諷感十足。

而下面也如他所願，一群旅人刷起了「恭迎噗浪通靈王降臨」的留言，把暫時停歇的噗一口氣刷破五百回應數。

「既然這樣，祈祈你有想到怎麼回應了嗎？我想只要好好解釋，大家應該可以聽進去。」一邊窺探我的臉色，羅先生再次開口，他的身體還是沒有離開我的螢幕前，可能怕我情緒又受影響吧。

「沒有用的，那些人要的不是真相。事到如今解釋再多他們也聽不進去。」

「那怎麼辦？……要放棄嗎？」

我深吸了一口氣：「不，要是現在放棄之後會更難處理。……你說過我可以依靠宮廟跟神明的幫忙對吧？」

於是時間跳到週六下午。

我自己也知道這是一步險棋，但當天的我沒有選擇好聲好氣地解釋，而是直接跟噗浪上的網民們吵起來；說是吵，我的主張也很簡單，既然廟方承認我跟月老有緣，那我就掐住這點，乾脆坐穩通靈干的寶座。

「我看得到姻緣，你敢不敢賭？要是敢賭，週六就直接約在天天開心宮見，我不僅讓你見證什麼叫做月老親自授權，還可以免費講解你的姻緣線。」

所謂黑紅也是紅，我要抓住這波熱潮，直接逆轉風向讓他們變成我的免費廣告。

不過這麼做有個風險，網路上的號召總是萬人響應一人到場，如果被他們放鳥導致這件事情隨便結束，不僅無法翻轉局勢，帶有惡意的稱號也會影響到我之後的行動。所以那天我故意跟那位自稱在地人的網友嗆得很兇，盡可能確保他一定會到場啦……

「祈祈，你現在這模樣超可疑的。」一懸浮在半空中，羅先生滿臉嫌棄。

「那有什麼辦法，你根本不知道網路時代有多可怕，先不說萬一今天來的人裡面有跟我同校或是認識我的人，要是他們在現場偷拍的話，我的長相可就流出去了。」再次確保口罩有蓋住鼻子，我拉低帽沿。

為了表示禮貌，一般進入宮廟便會脫下墨鏡跟帽子，因此我選擇在前往宮廟的路上就先遮蔽住自己的外貌，讓路人對我的長相認知降到最低。

除此之外，我今天還特地用水性染髮劑把頭髮染成桃紅色；這麼不符合我個性的顏色，不僅可以讓其他人對我的印象只專注在髮色上，就算真有意外，也可以用來否認說只是長得像而已。畢竟二次元的世界只要換個髮型就能換個人，我都換髮色了應該沒問題吧！

再差五分鐘就到約定好的時間。

目前宮廟內的人數不少，只是看起來大部分都是一般香客。我先點開噗浪上的貼文，想要嗆聲有沒有噗民抵達現場，卻意外已經有三個人留言說自己到了；其中一個自然是那位在地人，另外兩個，其中一位是之前就表示想知道姻緣的旅人，一位則是單純來看戲的。

「差不多該進去了。」深吸一口氣，我拿下墨鏡，同時傳了自己也抵達的留言上去。

這件事情我並沒有跟黃伯伯詳述，只是基於禮貌通知週六會過去一趟而已。

然而黃伯伯現在正站在大殿，一看到我便熱情地打了招呼。我微微點頭，同時留意站在他身邊那位看起來很壯的花臂兄弟，不知道為什麼，我總覺得這個人很有可能就是噗浪上自稱當地人的那位噗民。

「就是你嗎？」而這個直覺似乎是正確的，才打完招呼他便逕自走到我的面前。

「我不懂你的意思。」

「呵，黃叔說有神明託夢我還以為是玩笑話，現在看起來應該是藉口吧？我們家的神明才不會找一個連脫帽禮儀都不懂的小鬼幫忙！」比我高了大半個頭的花臂兄弟哼聲彈了我的帽沿。

皺著眉頭脫下帽子，一頭桃紅的髮色似乎讓他更加不悅。

「不好意思，我也不是自願的，但這是你家神明的選擇，而且我想祂也不需要跟你這種沒有神通的凡人交代。」

「蛤？你口口聲聲說是神明的選擇，你有證據嗎？」花臂兄弟氣得兩手插腰連胸肌都脹起，又馬上指著我的鼻子說：「可別拿長輩善意的謊言來敷衍我，還是你打算現在開始幫我看姻緣？我這人感情很乾淨，沒在怕啦！」

「啊？我說了可以免費幫人看，不代表我放棄選客人的權利好嗎？」

料想兄弟再兇也不至於在神明面前打人，我雙手抱胸瞪回去。

恰好稍早去幫我確認神明狀況的羅先生回來，看他雙手在頭上環出個圈的動作，我心裡踏實不少，連鼻子都翹了幾分。

「你想看證據，當然有。本來就是為了證明才叫你們出來的。」我邊說，邊走向神桌並從旁邊的木桶中拿出一對筊杯。

看見我的舉動，花臂兄弟直接噴笑出聲：「擲筊？好啦，確實是直接叫神明證明。啊不過只有你一個人擲也太不公平了吧？」

花臂兄弟舉起右手，食指跟中指一同彎曲幾下，站在不遠處的兩個小弟馬上靠了過來，小弟身後還跟了幾個看起來不像同一掛的普通人，他們臉上帶著好奇又怕麻煩的後悔神情。

「噗浪上可是有這麼多網友都質疑你呢。」花臂兄弟貼心地解釋。

「我也是這麼想的，所以不只我，每個人都要擲筊，這樣才準嘛。」我笑了笑，轉頭對向其他人，「我看看，二、四、六、八……加上我才十個人啊，這樣也有點少呢，不好意思！在場的各位大德們可以幫我一個忙嗎？」

「小祈你這是要幹什麼？」看到我高舉筊杯大喊，黃伯伯趕緊出面，似乎又怕得罪了我父母的緩和臉色問：「你這麼突然會嚇到其他人的，有什麼要幫忙的，你跟黃伯伯說啊？」

「當然。」我笑著把筊杯塞進黃伯伯手裡。

「我有個問題要問天天開心宮的神明大人，但只有我一個人力量不太夠，所以才特地從網路上號召了這些朋友，不過人多力量大，還請黃伯伯也跟我們一起，還有現場有空的大德們，如果方便，請大家一人拿一對筊杯。」

把現場狀況假想成上台報告，我放慢語速抬高音量，並舉起黃伯伯拿著筊杯的右手。黃伯伯今天也穿著寫上總幹事的背心，沒有想到會變成現場焦點的他，自然不好意思拆我的台，只能不斷說著「拍謝、幫忙一下」的話語；這令現場香客放下心來，就算搞不清楚狀況，仍本著善意一一向前拿取筊杯。

不過花臂兄弟就不同了，他臉上臭得很，用屁股想也知道是有些不好聽的猜臆不敢說出口。

天天開心宮是個有年分的宮廟，因此廟裡的筊杯大多使用過好一段時間，大部分邊角已經磨出木色，正常來說是不可能對這樣的筊杯動手腳。所以我好心地給了他一個台階下。

「現場的筊杯好像沒那麼多，剩下願意幫忙的大德請幫我隨意拿兩個十元硬幣取代就可以了。那麼，感謝大家的幫忙，為了不占用各位的時間，我們就只擲一次吧。」

♥ ♡ ♥

「天天開心宮的諸位神明在上，善男童禮祈，家住××市××區，今生有幸與貴宮結緣，並被指派為貴廟實習月老之幫手，但本人並沒有任何神通之力，亦不懂宮廟規矩，故特來請教天天開心宮月老指派任務一事是否為小弟我一時妄想，或是神明大人親自指點的天命。如小弟確實受有天命需要為月老服務，還請您給予在場所有人聖杯，好讓小弟定心收受任命，謝謝。」

三拜之後，以我為首的大家逐一拋出手上的東西。

木製筊杯跟錢幣在地面上　噹出一連串清脆聲響，隨後是不可置信的驚呼；十八個人一起擲筊，還全都是聖筊的畫面刷新了天天開心宮的擲筊歷史。

黃伯伯大喊著要大家不要動，他找師姐來拍照留念。現場的香客跟來認證的網友也都紛紛拍照討論，好一會兒才有人回想起擲筊前我念出口的詢問。

「真是太好了！雖然有提前請神明大人幫忙，但我還是緊張得心臟狂跳呢！」羅先生兩手握拳說。

「冷靜，你已經沒有心臟可以跳了好嗎？」

「這只是個比喻、比喻！而且就算沒有肉體，我還是有感情在！」

沒有繼續跟羅先生鬥嘴，老實說我現在雙手都還在發抖。

就像羅先生說的那樣，即使找好了暗樁，到結果出來的那刻之前仍然無法保證最後會怎樣；要是不小心失誤、要是因為我名字念得太小聲害神明沒聽清楚、又要是人群裡有其他人的提問跟心思蓋過我的問題的話，光想都覺得頭皮發麻。

越是緊張越要裝得神態自若，我看向花臂兄弟，他似乎還不能接受現場的情況，低著頭兩眼直瞪著自己夾腳拖前的十元硬幣；也是啦，就算他的腦子再小，應該也能理解到眼前的神蹟有多不可思議才對。而他身邊的其他人則對於自己能參與見證奇蹟的時刻感到非常興奮，不用我提醒便自動自發的拍照、留言，幫我大幅逆轉噗浪上的風向。

「太厲害了！這種奇蹟除了如有神助以外沒有第二句話可以解釋！」

「真的！原本還以為你是謊稱自己有神通的通靈王，沒想到是真的可以通靈的通靈王！」

「那個那個、我已經幫你在噗浪上澄清了，你說可以免費看姻緣對吧？可以幫我看一下嗎？」

「我也要、我也要！我從來沒說過你的壞話，請幫我看!!」

一旦有人開口，欲望就像是被擰開的水龍頭一樣，人群一窩蜂地湧了上來。

黃伯伯自然也沒放過這個機會，他忽地站到我身後，兩手掐住我的肩膀便開始代言：「想看姻緣當然沒問題，但大家來求姻緣自然要先跟我們家月老打過招呼，求了好姻緣再看才準確嘛！」

他一說完，大家立刻面面相覷，確實到了人家廟裡不先跟神明打聲招呼似乎有點不太禮貌，何況我還只是個幫神明打工的，可不能顛倒高低順序。

於是我連忙附和，請那些人好歹先跟月老報告自己的理想型，再由我來確認姻緣發展；好說歹說總算暫時打發人群，也幫廟裡賺進微薄的香油錢。

可惜香客散了總幹事卻沒走，黃伯伯兩手仍然抓著我的肩膀，絲毫沒有放開的意思。

「小祈啊，你還真是不夠意思。怎麼沒跟黃伯伯說你有這麼厲害的能力呢？」他看著我的雙眼彷彿豺狼盯著肉一樣，令我不寒而慄。

「不厲害、不厲害，黃伯伯您剛才不也聽到了，我只是請神明幫我澄清他們確實與我有緣而已。」

「可你不還能幫忙看姻緣嗎？」完全沒漏聽重點，黃伯伯又問。

「那只是說得誇大一點，就像廟裡原有的擲筊抽籤，只是神明會稍微告訴我方向，而且一天也有次數限制的！我就這麼點皮毛功夫，哪比得上廟裡的師傅。」感覺稍微說錯一句話就會被迫變成廟裡的搖錢樹，我連語氣都有些抖地又小聲補充：「再說黃伯伯您不是知道嘛！我是被派去幫實習月老跟提升廟裡名聲，所以才需要做這些對外宣傳攬客的事情啊！」

就差沒直接說反正我攬回來的都是您的客，您就放了我吧！

「也是也是，這世道不能再想著自己東西好就會有人主動上門，對外宣傳也很重要。既然這樣，那待會跟黃伯伯一起拍個照？」

「不行啊黃伯伯！你不是答應過會幫我隱瞞身分，萬一鬧大了我還怎麼好好準備畢業考試！」要是照片拍下去哪還有全身而退的機會？我再次搬出課業壓力這個藉口。

「這年頭也不是只有考試好才有出路，其他年輕人紅了不也賺很多錢嘛！」可黃伯伯還不死心。

「不行不行，我爺爺不喜歡這些怪力亂神，被他知道會弄出家庭革命的！」

婉拒再三，反而是來拍照記錄的師姐先開口了。

師姐並沒有看到剛才的經過，只是滿臉莫名其妙地把散落一地的筊杯跟硬幣拍完，才納悶問道能不能收拾，這不會看氣氛的提問使黃伯伯臉色馬上沉了下來，三兩句便想把她打發走。可我也沒錯過機會，馬上拉著一旁等待許久的噗民閃到旁邊去。

「拜完了嗎？」

「對、對！我香都點一圈、也買過供品、香油錢也投了！」看起來年近三十，帶著眼鏡標準工程師外表的男子瘋狂點頭。

「很好，那我這邊有一些需要你幫忙的。」把帽子戴回頭上，我從背包裡翻找出一本計算紙，「這邊，幫我寫下你的大名，還有你跟月老求的理想型。喔還有，讓我先看一下你的臉。」

接過紙筆，男子茫然的臉色在一見到我拿著手機照他時馬上戒備起來：「大師你不是要拍照吧?!」

「當然不是！你剛才沒聽到我說自己沒有神通力嗎？」

趁著機會我抬高音量解釋，說也好笑，那些原本想來看我笑話的噗民現在全都豎起耳朵，想排隊又不好意思靠得太近。

「我是有聽到啦，但那又怎麼了嗎？」

「自古以來鏡子就有照出真相的能力，而鏡頭也不例外，好比以前那些有名的靈異照片一樣，可以拍出我們看不見但實際存在於另一個空間的東西。所以大同小異，我也需要透過鏡頭看看你，才能知道月老那老人家有沒有在你身上留下一點訊息。」背抵在牆，我看了一眼早就跑出他姻緣線的畫面，笑著拍了拍他的手臂補充：「放心吧，你寫的那些資訊我看完之後也會請你帶走。」

當然都是藉口，要怎麼才能合理的在這些人面前拍攝他們的臉，又爭取到姻緣線跑完的時間，真的是想到我的腦袋都快燒破的程度，就連防偷窺保護貼我都一口氣換到最高級的，真希望可以向月老申請公費。

看我說得有模有樣，連宮廟人員都忍不住搬出桌椅給我們騰空間，羅先生興奮極了，他一下左晃一下右竄，仗著我沒辦法開口念他，硬是鬧了好一會兒才照我們事前約定的乖乖站到來詢問的噗民身後。

這是為了不要讓別人覺得我視線的方向很奇怪。

雖然也有想過要不要乾脆大膽地公布月老就在我們身邊，不過看不到鬼怪只看得到月老聽起來太過微妙，還不如半真半假演出大家印象中的算命師比較安全。

「我目前看到的是，之前綁馬尾的那個楊姓女孩跟你的姻緣已經結束了，接下會有比較長的單身期，不過之後就會遇上適合你的好緣分。」看到第五個人，我已經開始正大光明的用左手拇指滑手機了。

「謝謝、謝謝大師，但這單身期大概要多久呢？我媽希望我早點讓她抱孫子，有沒有可能透過多去相親來加快速度？」
我抬頭看了羅先生一眼。
羅先生搖頭聳肩，隨後坦然開口：「供不應求。他的喜好倒是跟我那年代的人差不多，想要個乖巧聽話、能煮一桌好菜又孝順婆婆的好老婆，老實說這樣的人不是沒有，只是姻緣不是只看一方，也要看另外一方；能滿足他條件的人，不一定會被他的條件所滿足。」
我再低頭看向寫著名字跟理想型的紙。
去他的賢妻良母，以他的態度看來，似乎還真覺得自己的要求合理又簡單。
「神明說你現在需要的不是跟人交往的機會，而是修復自己內心還有學習的時間，多學一些洗衣、做菜的方法並主動照顧家裡，自然就可以吸引到你理想的類型。」雖然很不爽但臉上還是掛著微笑，我盡可能委婉表示。
「怎麼這樣？可是我娶老婆回來就是希望她能洗衣、煮菜、照顧家裡啊？還是我多做善事多捐一點錢給宮廟可以嗎？拜託拜託啦！」男子說著，便掏出自己的名牌皮夾。
先不說你捐錢給宮廟我又沒得賺，這句話真的超讓人傻眼又敗好感。
到底在開什麼玩笑啊？說成這種程度是娶老婆還是找女傭？簡直令人不敢相信。
然而就在此時，彷彿跟我的思考同步一樣，花臂兄弟抓著男子掏錢的手把人拉了起來。
「我說你這要求是娶老婆還是找女傭啊？」他惡狠狠地說。
「什、你、你怎麼可以偷聽！超沒禮貌！放手！」男子被嚇白了臉，但還是用力扯了扯自己相比之下宛如白斬雞的手臂。

「偷聽？誰偷聽了啊？老子只是聽力好了一點而已。更何況，你要是知道這種話被別人聽到很丟臉，就不應該說出口！」

花臂兄弟本就高壯，湊近一瞪害得男子雙腿發抖，而坐在原地的我真希望桌上有一份爆米花。

可惜短劇很快便以男子落荒而逃拉下布幕，看著硬要說算是插隊的花臂兄弟，我一時之間不知道該感謝還是該斥責，索性不發一語等他先開口，不料他一反剛才的勇猛，抓著自己後腦眼神飄移半天，直到後面排隊的人出聲詢問才默默退回牆角。

接下來的是個瘦小的女生，跟前面幾位不同，只是剛好來參拜的香客。跟她一起的朋友似乎對看姻緣沒有興趣，僅站在一旁純做陪伴。

「我寫好了。」如果說字體可以表現出一個人，那她肯定是個可愛的人，但站在她的身後，羅先生以史無前例的表情崩潰抱頭。

「呃，好，我看一下喔。先說照片跟資料我都不會留，所以不用擔心。」女生的姻緣線很簡單，是我這幾天看過最簡單的一個，然而羅先生還沒回神，害我不敢隨便開口。

「沒關係，你剛才有說明過了。」

「對、對……我看看。」拖下去也不是辦法，我硬著頭皮照眼前的內容簡單說明：「妳的姻緣線還滿單純的，而且每一段都持續很久，不過妳現在好像正在一段感情裡面？」

「就是這個！」陪伴的女生突然抓住我的左手大喊。

「什……嗯?!」

「大師，你剛才說了她不只這一段感情對不對？」她比當事人更加激動，嚇得我趕緊把手機蓋往桌面上。

瘦小女性的姻緣線只有三個圈，每一個都又大又圓，如此簡單的結構雖然不知道是原本就是這樣，還是拜完才變成這樣，總之不太可能會看錯。

比較意外的是，她的第一個圈還沒黑掉，即是說她才正在經營她的第一段感情。

「是的，我感受到應該會有三段感情，不過……」

「妳看！我就跟妳說了那個男人不是妳的真命天子！妳還不快點跟她分手!!」不等我說明完，女生轉頭對著當事人就罵。

「可是小妮，他說過他只愛我一個，而且會一輩子對我好。」當事人則冷靜得彷彿局外人一樣，淡淡地回。

「好個頭！真的對妳好就不會打妳了！」

「那只是意外，他最近真的都對我很好。而且我們不是來拜財神了嗎？只要財神保佑他賺大錢，阿傑就不會生氣喝酒……」

「等等等等，所以妳們來問姻緣是想要知道該不該繼續跟那個渣男在一起？」好像抓到了重點，我試圖插入話題。

可是在我破口大罵之前，羅先生臉色沉重地搖了搖頭。

「沒用的祈祈，那個女生三段姻緣都是不好的緣分。就算你現在勸她，也無法改變什麼。」

我拿起手機一看，果然是三個黑到不行的圈。

點出來的人頭也是，即便樣貌各有不同，卻都帶著讓人微妙不舒服的氣場；尤其最後一個長得像事業有成大老闆的傢伙，明明照片上掛著理應溫暖的笑臉，卻令我感覺寒風刺骨，不想再多看一眼。

「大師？大師，你剛說到一半呢。」

「大師你快告訴我家這傻妞，她分手之後下一段感情會更好。」女孩朋友懇求的眼神，跟羅先生的表情形成對比，而我到此時才第一次感受到，我所說的話於對某些人來說是影響未來的明燈。

我不能放這個女生繼續被會家暴的渣男ＰＵＡ，但如果我跟她說她命中註定沒有好的緣分，全都是談來還債的，她真的有辦法接受嗎？

不對，要是說了這種話，才真的會助長她認為自己所有付出都是理所當然的想法吧？

我站起身，把雙手重重拍在桌上。

「當然會！是這樣的，妳原本確實只有這一段緣分，是因為妳今天鼓起勇氣來跟月老溝通，所以月老先幫妳找了幾個適合現在的妳的緣分。但是人嘛，喜歡的類型隨著年齡都會改變啊，所以他老人家現在幫妳安排的，等妳遇到之後可能又不喜歡了，所以不喜歡的妳就用力甩，甩掉之後再來跟月老說，讓他想辦法幫妳找新的，懂嗎？」

無視了羅先生目瞪口呆的錯愕表情，我滿臉微笑地偷偷對上天比了中指。

♥ ♡ ♥

「你怎麼可以這樣亂說！太不負責任了吧!!」

又幫忙看了兩個人的緣分後，我以手機跟自己本身的能量都已耗竭為由，拒絕了剩下來的香客；畢竟手機可以充電，但人不行，就算心裡不爽，他們也不敢當面抱怨，頂多追問一下能不能交換聯絡方式而已。

實在累得連屁股都懶得挪動一下，我用著不知道是誰塞過來的行動電源，一邊喝麥香一邊滑噗浪。

「你好意思說我，你們這些神明才不負責任吧？隨便用個因果報應就可以讓這輩子努力生存的人沒有翻身機會，老實說真的很不合理。」喔！那些人還真的有發噗幫我解釋跟宣傳呢。

「才不是隨便!!」羅先生難得對我大吼：「你要是知道她上輩子做過什麼，就不會說這種話了！」

「你要是上輩子就讓她現世報，我也不會說這種話！」

「說哪種話？」然而再次傳來的並非羅先生的嗓音。

抬頭一看，花臂兄弟就站在我的正前方，本應居高臨下的視線，帶著幾分難以言喻的情緒。

一對上我的視線，他馬上抓著腦袋別過頭去，讓氣氛更加尷尬。

「你怎麼還沒走？」說完才意識到這句話有些失禮，換我不自在地咳了兩聲。

「我也想走啊，不過我的行動電源不是在你手上嘛。」花臂兄弟邊拉開椅子坐下邊說：「看你一整天都戴口罩還以為是想遮臉，是真的感冒啊？」

他的表情很誠懇，仔細一看五官長得也不差，如果不是那兩條手臂太過嚇人，屬於會讓不少女性心動的類型。

不過我既不是小女生，也沒有時間陪他閒聊，看了一眼剛爬回30％的電力，我忍痛拔掉充電線，把行動電源推回他面前。

「還你。」我說。

可是兩腿才剛往上騰起，腰還沒站直就先被他抓住。

「等下。」他掐著我來不及收回的左手，「抱歉啊，我其實是來跟你……嗯……道歉的。就是那個，我沒想到會有人在網路上提到我們宮廟，所以以為是來鬧事的……」

「喔，沒事啦。也是我自己一開始沒說清楚，不過這種事情就算說清楚，沒有親眼看到也很難取信於人吧？」

「是這樣沒錯啦，但既然知道你說的話是真的……總之抱歉啊。」花臂兄弟一手撐在大腿上用力低頭。可能怕我尷尬，他馬上又轉了話題說：「對了大師，我叫陳武斌，你叫我阿斌就好了，之後有什麼需要隨時都可以找我！」

「好、好喔。那你也不用叫我大師，叫小祈就可以了。」

終於抽回手，我先轉轉手腕。

阿斌的臉上已經不見之前的戾氣，反而憨笑得像隻大型犬，只是一想到他隨時又有可能露出利齒，我便無法放下心來，索性拿出收進背包內的計算紙推給他，打算直接在這裡斬斷孽緣。

「寫吧，反正剛才手機充了一點電，我就幫你看看。不過快透支是真的，所以不保證會準。」演戲演到最後，我故意裝模作樣說。

「好！」

如我所料，他馬上兩眼一亮搶過紙筆，雖說本來就沒有期待，但阿斌的字體還真是毫不讓人失望地醜，而且很小；明明人高馬大，卻在這種時候完全不懂隱藏自己的自卑之處。

大概又是那種老套的故事吧？

家境不好從小讀書又很差，才走上歪路用逞兇鬥狠來保護自己的類型。不過這與我無關，所以我只是偷偷拉回他的充電線，不動聲色地一邊充電一邊打開相機功能。

人臉辨識框閃現出後，拇指輕輕一按。

我首先確認阿斌名字的正確寫法，也不知道他父母怎麼想的，取了個這麼充滿勇武之力的名字，但倒也真挺符合他給人的感覺；只是往下一看，原本以為電力不足才跑得慢的姻緣線，直到阿斌慢吞吞寫完自己理想型之後還是一片空白。

「嗯？你等我一下。」

我裝作細細品味他寫好的資料，同時拔掉電源線再次更新頁面。

然而並沒有任何變化。

「阿斌你……以前應該有喜歡過女孩子吧？」不敢對上他的眼睛，我故作正經。

「啊？當然有啊！我都二十五歲了！」阿斌一臉納悶，隨即擔心的雙手撐上桌面大聲詢問：「怎麼了大師?!不會是我之前喜歡上的人怎樣了吧？還是她們其實是來跟我討債的？我就知道！如果不是這樣怎麼會每個人都劈腿！我明明對她們這麼好!!」

阿斌越說越激動，就差沒聲淚俱下，那模樣看起來不像說謊。

依照只要有一定程度的迷戀就會被列入一面之緣的範圍內，阿斌的姻緣線不可能空白，可是不管我怎麼重新刷新都沒有任何變化，正當我想要詢問羅先生，才發現羅先生早就不在我的身邊。

臉上帶著顯而易見的怒氣，他雙手抱胸站在跟我直線距離最遠的角落，看來是還在氣我方才說的那些話，而且以現下的狀況不可能把他勸回我身邊。畢竟我不認為自己的所言有錯，或許他有他的道理，可不代表我一定要接受。

找不到人幫忙，那便只能自己解決；話雖如此，我卻突然想到一個問題。

可以出現阿斌的照片跟名字應該表示功能還是有在運作，只是不知道為什麼無法看見姻緣線而已，既然如此，該不會是因為月老不在旁邊的關係吧？

就像離開主機太遠，Wi-Fi訊號就會變得斷斷續續那樣。

「冷靜、冷靜，只是我突然看不到你的姻緣線而已。大概真的力氣用盡了吧，畢竟我也是第一次幫這麼多人看，真是不好意思啊。」只好暫時舉手投降，我坦承道。

「啊！說得也是，你剛才說過……是我太激動了！拍謝啊！」阿斌馬上紅了臉。

「那時間也差不多了，我該回去休息，謝謝你的行動電源。」

既然沒辦法馬上解決問題，那便選擇逃跑吧！

然而才這麼想完左手又再一次被他掐住。

「小祈，我們交換個Line吧？」

♥　♡　♥

像是怕我忘記一樣，才確認有被我加入 Line，阿斌馬上就把剛才寫的計算紙拍照傳來，那小小的字跡歪七扭八的寫著：「我不在乎外表年紀，只希望可以遇到好好愛我一輩子的人。」

也是啦，雖然一開始有些誤會，但他等了那麼久，肯定是非常在意自己的姻緣，這樣一想我便感覺有些歉疚。

不過該感到歉疚的不應只有我一人。

「你剛才怎麼可以自己跑掉！」即使回到宿舍，羅先生還是選擇與我保持距離，不如說他光是會跟我回宿舍就已經令我很意外了。

「你不是說你的靈能跟體力都用完了嗎？再說你可以透過手機直接看姻緣線，有沒有我跟在旁邊都沒差吧？」聲音帶著怒意，他居高臨下回。

「才不是沒差啊！我剛才就看不到姻緣線了，只有顯示照片跟被鎖定的人物名稱而已。」

「怎麼會？」羅先生一臉意外地湊向我。

「怎麼不會？」我皺著眉頭反問：「上次你連怎麼退出軟體都不知道，不是又沒搞懂軟體的使用方式嗎？」

一回想起上次，我便無法相信這位兩光實習神明。

大概是自己也覺得理虧，羅先生遲疑一會兒後不再反駁。

趁著現在氣氛好了一些，我趕緊提出今天在宮廟裡來不及問的事情。

「比起這個，我突然想到，既然你們月老本身就可以看到姻緣線，那有什麼狀況你直接轉告我不就好了，為什麼還要安裝 APP 啊？」

「因為只用說的會很含糊吧？」羅先生一臉不懂我為什麼要問這個問題。

「就算看了也很模糊啊！說到底上面只有照片、名字、順序跟是不是正緣而已吧？」我扳著手指邊想邊念。

那個只有一開始會很新奇、事後發現既麻煩又不夠完善的破東西，別說是當事者為什麼會姻緣線爛到爆了，我連他的對象幾歲、什麼職業愛好，甚至正確相遇的年分都搞不清楚。

即使本就只是為了讓凡人如我可以輔佐月老才研發出的機能，可一想到還要防範其他凡人看見，便覺得與其說是如虎添翼，根本是弊大於利。

都已經說到這個程度，羅先生臉上的不解卻絲毫沒有減少。

他歪了歪腦袋，突然對著我說。

「可是祈祈，你今天不就光看著畫面判斷出對方的姻緣線進度了嗎？雖然目前有些細節確實只能透過我告訴你，不過愛情這種東西不是光憑雙方興趣喜好相同便能好好相處。作為實習月老的幫手，你之後也會越來越了解這些的。」

「呃？姻緣線進度?!」比起羅先生有說跟沒說一樣的解釋，這句話更讓我衝擊。

「對啊！你都沒注意到嗎？就像你說的，畫面上只有這些東西，即使結束的緣分會變暗，卻沒有提示現在的進度；那麼你是怎麼知道對方現在是正在戀愛中，還是在等跟緣分相遇的機會呢？」

我用力抓著腦袋回想。

今天才看完一堆人的姻緣線，我很確定畫面上的內容，但為什麼我可以篤定地回答那些人呢？

「我、我看的時候只是覺得……好像就是到了那個階段？就好像姻緣線上有光標示目前的進展一樣？」我不太確定道。

「可是不是說我是麻瓜，沒有那些通靈能力嗎？」

「你是沒辦法通靈沒錯。硬要說也就是變得對人際間的關係比較敏感一點而已。」羅先生理直氣壯。

才不是敏感一點吧?!

總覺得這能力如果繼續發展下去，不出幾年，我就能看著電視上的大老闆來判斷他有沒有偷養小三了。雖然聽起來好像很厲害，但感覺超廢的啊！這不是隨便一個家庭主婦都有的火眼金睛技能嗎？

「不用那麼緊張，等我實習結束之後這個能力就會減弱，不至於影響到你的生活的。」

「好吧。」顯然沒有拒絕的權利，我只能點頭接受。

「說起來，月老眼中實際看到的姻緣線是怎樣的？會看到人臉就冒出資訊嗎？內容應該比我這種詳細很多吧？」

「唔……印象中實習月老擁有的能力跟月老差不多，所以我是可以告訴你大概的模樣，不過實際狀況會再因為個人習慣跟熟練度而有所差異；基本上來說不光是看見人臉，就算是背影也會跳出基本資訊，不過因為一直看到資料很累，所以大部分月老會以書本的方式侷限能力，有需要的時候再做翻閱。當然也有覺得想看就看比較帥，致力於修練自己控制力的類型。至於內容，則跟你的手機畫面相去不遠，只是可以因應需要，顯示出更詳細的資料：從簡單的年齡、喜好、生長經歷，到直接轉看對方的姻緣線軌跡等等。如果是上輩子有做什麼事情而被記錄在靈魂裡的話也可以看見，不過我的程度只能看見簡單描述，要比較厲害的月老才能調閱更完整的內容。」

詳細而溫柔的，羅先生一邊比劃著解釋。

隨後，他看著我微笑起來。那樣的目光和善而溫暖，像是終於等到了花開一般，既滿意又滿足地點了點頭。

卻讓我不寒而慄。

「等等你幹嘛用那種眼神看我？」

「因為祈祈開始對月老越來越感興趣了啊！想你一開始還那麼嫌棄的模樣，現在卻願意主動了解……所以我們下次什麼時候再做你說的噗浪廣告宣傳呢？」滿臉迫不及待，羅先生催促我坐回電腦桌前。

這種態度我很熟悉，像極了我媽每次假裝認真地詢問建議，其實是拋出魚餌，要我上鉤幫她處理事情一樣，令我忍不住大喊一聲：「停！你知道你現在看起來超像詐騙魔法少女拚上性命的惡德吉祥物嗎？」

不過說歸說，該做的事情還是要做。

剛才在宮廟裡忙到沒有時間，現在跟羅先生的紛爭告一段落，得先上噗浪感謝幫我澄清的大家才行。至於為什麼偷偷說的內容從下午的解釋跟好評分享，演變成阿斌在跟噗民們吵架這點，老實說我不是很想了解。

04 看姻緣服務現正預約中

「那麼，麻煩你在這張紙上幫我寫下你的真實姓名跟理想型，這張紙之後會讓你帶回去，我現在要對你說的話也保證不會外流給其他人。」把便條紙往前一推，我左手戳開手機的相機功能。

坐在咖啡廳最裡面靠牆的位置，自從上次喋浪風波到現在已經過了兩個禮拜，我目前維持著一週幫人看兩次姻緣線，一次最多三個人的頻率。

說實在話我覺得這樣的數量其實有點多，要不是為了打鐵趁熱，加上那個兩光實習月老自己都搞不清楚合格標準，也不需要做到這種程度，說好只要先湊五份姻緣，到現在都已經看超過十五個人了，還是沒有半點快要完成實習的跡象，總不會真的要等到有五組情侶正式交往才能算數吧?!

撇除這個可能性之外，最大的原因大概是目前會找上門的多是聽說過天天開心宮，且對宮廟有基本信賴度的對象。雖說無可奈何，也僅能快點消化這些基本盤，並希望能透過他們的宣傳拉來更多陌生客戶，才足以確認這樣的做法是否正確。

「天啊大師，您說的真是太準了！這是我的一點點心意。」聽完建議之後，眼前的女士從手提包中拿出紅包遞向我。

金錢誘惑不管幾次都很難熬，感謝口罩跟粗框眼鏡掩蓋了我的表情。

「不用不用，如果真的覺得有幫上忙，就去天天開心宮拜一拜，跟月老大人說聲謝謝，然後幫我們宣傳一下就好。」

「好的、好的！我朋友跟我說的時候我還不信呢，沒想到會這麼準，我一定會再告訴其他朋友讓他們過來找您！」跟來時狐疑的表情相反，上了精緻妝容的臉上堆滿笑容，又馬上迫不及待追問：「對了大師，現在預約的話什麼時候能再給您看呢？我想帶我最好的姊妹過來，她真的是個很棒的女生，就是不知道倒什麼楣，遇到的男人一個比一個爛。」

「這樣嗎？我確認一下……」

半裝模作樣地，我戳著手機確認行事曆。

下週的安排已經滿了，再下一週雖然有個空位，不過我猶豫一會兒，還是推推眼鏡直接跟她報了下個月的時間。

今天的行程還剩下最後一位暱稱「天兵阿寶」的噗民就結束了，幫看姻緣不收錢，然而請點飲料、點心則是例外；畢竟神明自己也有收供品跟香油錢，而且宮廟的廟公有些也是有給職的，沒道理我一個突然被任命的麻瓜代理人就得什麼都自掏腰包犧牲奉獻吧？

再說羅先生知道後不過嘆了幾口氣，並沒有明言禁止。

說到羅先生，他現在又在用複雜的眼神盯著我，喔，似乎終於忍不住脾氣，正在比劃著要我戴上耳機。

「幹嘛？」忍著想笑的心情，我故作嚴肅戴上耳機，裝成正在接聽手機的模樣。

「你還問我！是你說不戴耳機就不能跟我說話，結果人都走了你還一直不戴上耳機！」氣得雙手叉腰，羅先生瘋狂抱怨。

「我只是不能回話，又不是連你都不能說。」

「說了你不能回還不是一樣！我才不要一個人演獨角戲！」說完一屁股坐下，作為類似神靈的存在，羅先生能以喜歡的姿勢隨意飄在任何地方。

「比起為了不露餡有事只能用左手打字的我，這點程度還好吧？我還為此多買一支可以切割視窗的安卓手機呢。」我翻個白眼後接著問：「所以你要我回答的目的是？」

「當然是剛才的預約，明明下一週就有時間，下下週也還有空缺吧？為什麼你要跟她約在一個月之後？」

不愧是最快考上實習資格的月老，羅先生的記憶力真不是蓋的，不光是行程，我們這段時間見過的人以及他們的故事，羅先生全都記得一清二楚，然而我也沒有刻意瞞他的打算，僅是聳了聳肩便誠實以告。

「我在維持天天開心宮月老的獨特性。」

「什麼意思？」羅先生一臉沒聽懂。

向前傾身，我雙手食指輕碰鼻尖、拇指抵住下巴，一臉自己洞悉一切地開口：「即使宮廟本身公開隨喜，但其他服務並非如此，更別提天天開心宮原本並沒有看姻緣業務。以月老的角度可能會覺得這等小事沒有定價收費的必要，但人類是一種會習以為常並理所當然的生物。」

羅先生瞪大眼睛，緊張地嚥了嚥口水。

「既然不能收費，那要就讓預約變得困難，這樣對方才會覺得這是有很多人搶著要的服務，以產生珍貴並想要珍惜的心情。最好是令他們認為這是花錢也買不到、只有有緣人才能體驗的經驗，否則久了對他們來說，恐怕只會淪為免費的好玩把戲。」說完我推推眼鏡。

「原、原來如此。我懂你的意思了。」羅先生深吸一口氣後點了點頭，隨即溫柔的漾開笑容說：「我從以前就想說了，祈祈你真的是個好孩子呢！明明每次都說不喜歡、不要、不可以，可是最後還是會答應，而且非常用心地去做。」

「別把人說得像是笨蛋傲嬌一樣啊！我只是不喜歡草率對待自己接下的工作而已！」我不禁紅了臉。

叮鈴叮鈴。

是咖啡廳門扉被推開的聲音，這理所當然的聲響會吸引我的注意力不僅是因為那位女孩明顯在找人，更是因為我的Line正在此時收到訊息。

為了看姻緣方便特地申辦的安卓手機，當然連安裝的軟體全都是針對其使用。我起身對她招了招手，隨後便看到那位女孩低著頭怯怯諾諾地走過來。

「是天兵阿寶嗎？先去櫃檯隨便點個飲料吧，東西放著就好，放輕鬆點。」

她沒有回話，只是點了點頭。

從外表看起來應該比我年紀小一些，大概還是高中生吧，背的帆布後背包也很有那個年紀的感覺，比我還粗的膠框眼鏡看起來文靜又內向，跟在網路上熱情到不會讀氣氛的態度相差甚遠。

「真……真的不用錢嗎？」坐下之後，她吸了兩口冰紅茶才說第一句話。

「不用，覺得準的話再去我們天天開心宮參拜就好，如果很想回饋心意，丟個五十、一百的香油錢就夠了。」

「嗯。」似乎是額度在她可支付的範圍內，她乖順地點了點頭。

「那請你、幫我看看我的姻緣線吧。」

♥ ♡ ♥

會在填寫理想型時猶豫的人並不少，即使要他們當成跟月老聊天那樣放寬心寫就好，但畢竟是告訴一個實際活著的陌生人，總會有害羞、不好意思詳述的時候。

可是阿寶似乎並非如此，那張因為青春而毫無瑕疵的健康臉頰陰鬱得不可思議，只見她反覆寫了又劃掉，最後還是決定空著。

「抱歉我還是……」

「沒關係，既然都來了，就算不看姻緣，有什麼想聊聊的也可以說說看？」在她起身之前，我說。要是讓露出這種表情的女孩直接離開，我晚上一定會睡不好的——因為不斷聽到羅先生的抱怨而睡不好。

「……」她藏在鏡框底下的雙眼遊移。

而我趁機把已經寫上名字的那張紙更加推向她。

「就當作是之後不會再見面的陌生人，無論妳說什麼，離開這裡之後就會煙消雲散。」

「我……」她遲疑片刻，下定決心似的大大吐了一口氣：「我其實是所謂的……夢女。既然你有在用噗浪，應該知道我的意思吧？」

「雖然沒有太深入了解。」看見飄在阿寶背後的羅先生一臉那是什麼快告訴我的表情，我在心裡默默嘆了口氣道：「這是代表妳有喜歡的……動漫之類的人物，然後妳夢想著自己是他的女朋友對吧？」

「對。」她腦袋低得更低。

「我不覺得這有什麼不好，每個人或多或少都有過自己的夢中情人，只要不給其他人造成困擾就沒問題。」

我不知道要向一個完全不認識的異性承認自己喜歡的對象有點特殊需要多大的勇氣，但世界上多的是大喊某某女星「我老婆」的男人，諸如此類我一律歸類成性癖問題，對方開心而且不要逼迫我看就好。

只是阿寶一不像是特地來找我分享自己的夢女故事，二不像是不好意思把夢角當成理想型才拒寫，害得我更加好奇起她特地預約看姻緣的原因。

「……我也不知道、有沒有算是給其他人造成困擾。」把吸管咬到變形，她小聲地說：「我沒辦法想像自己跟真人交往。」

「真人是……角色名字？」

她直接翻了我一個白眼。

「其他人怎樣我不知道，但我自認自己分得清現實跟幻想。我會想像並沉浸在自己跟喜歡的角色的世界之中，也覺得有人陪伴是很幸福的事情，但我沒辦法想像自己跟現實中活著的男性交往，簡而言之就是……我有點恐男。」

「恐男？」

「如果你不是戴著口罩，我可能會更不敢跟你說話吧。雖然聽起來很怪，但我不是想知道自己什麼時候能跟誰結婚才找你，雖然說是想知道沒錯啦，總之就是不是那種開心期待的想法。」講話開始有些顛三倒四，阿寶還在折磨那根早就被啃得不成樣的吸管。

「呃……我歸納一下。也就是說，妳因為不喜歡現實中的男性，所以想知道未來會不會跟別人結婚生子，然後最好不要，這樣？」我歪了歪腦袋，自己說著都覺得很饒舌。

「對，我媽老說女生要結婚才有保障，要有小孩才會幸福，還說等我高中畢業就要幫我介紹對象，我光聽就覺得可怕死了。」阿寶誇張地抱著自己抖了一下。

我則趁機用左手緩慢地戳著手機鍵盤，詢問羅先生的意見。

羅先生說阿寶是個好孩子，既然是好孩子，自然有幫她規劃好不錯的緣分，起碼目前的姻緣線看起來是這樣。從我的角度來看亦是，說著自己對現實男性提不起興致的阿寶，她的姻緣線上總共有三個圈，全都是正常的活人男性。

而第一個圈已經暗掉了，看來是國、高中時的青澀戀情，第二個圈雖然是黑色的，但卻很小，而且很快就接到第三個又大又紅的圈，就算羅先生不說，也能從他足以陪伴阿寶漫長的人生歲月判斷出這是一份相當不錯的正緣。

至此，我總算有了點自信，忍不住笑意地回問阿寶。

「妳也太誇張了吧，既然是月老欽定的姻緣，說不定會是個很棒的對象啊？」

結果阿寶又給了我一次白眼。

「就算他是個很棒的對象好了，但我現在就是不喜歡、不想要，我不想結婚更不想生小孩，說什麼也許遇到了就會改觀，對我來說給我我不要的東西就只是困擾而已。」

「呃、但是……」還沒有發生的事情本來就難以斷言。

可惜阿寶並不這麼想，她再一次肯定地否決了我的想法道：「可以麻煩你幫我看姻緣線，然後順便把上面的緣分全都刪掉嗎？」

這下換成我跟羅先生面面相覷。

想要祈求好姻緣的人不少，聽完後覺得不如預期，希望透過塞錢改善的人也有碰過，然而像阿寶這樣篤定不要緣分的人還是第一次。於情，我無法想像為什麼；於理，則覺得放棄得來不易的正緣實在太過可惜。更何況，我本身也沒有做到這種事情的能力啊！

不過我記得日本有可以斬斷緣分的神社，而且聽說威力強得可怕，大概諸如此類的需求亦有市場吧。

「老實說我並沒有那麼厲害的能力。作為月老代理，我只能看到目前的姻緣線，並提供建議而已。不過，如果妳願意告訴我原因，我可以幫妳跟月老說說看。」猶豫再三決定誠實以告，我說。

「說了就能不給我安排緣分嗎？」阿寶有些猶豫。

「我沒辦法保證，只是會比較有理由提出這樣的需求。」

「沒有。」

「嗯？」簡短的回話令我有些錯愕。

「我說了沒有。你們大人是不是都覺得一定要有什麼可憐的過去或是悲慘的遭遇才能跟別人不一樣？我是夢女，只是因為我喜歡那個角色而已！」

說著不自覺抬高音量，阿寶臉上轉為不耐跟厭煩。

我緊張地抬起雙手請她注意周遭環境，她才像洩氣的皮球一樣慢慢冷靜下來。

氣氛再次變得尷尬，好像說什麼都不對，無可奈何之下我只好先轉移話題。

「要不要先吃一份點心？我請客吧？」

「不用，我自己有錢。」然而又被拒絕了。

♥ ♡ ♥

分別端著巧克力派跟千層蛋糕，我跟阿寶重新坐回位子。

「先說一下，我今年才二十，應該只比妳大個兩、三歲，別把我說得像是那些食古不化的八股老人一樣。」小心翼翼把巧克力派切出三角，我拿下口罩說。

「那你就不該戴這種醜得要死的素色口罩。不過你長得比我預期的好看不少，幹嘛把自己包成這樣？」

「說好的恐男呢？妳現在又不怕了？」看阿寶的情緒被甜甜的鮮奶油軟化，我忍不住回嗆。

阿寶霞出像是被噎到的表情瞪我一眼。

不得不說年輕的女生真的很麻煩，如果有人列出一本會讓女生變臉的說話方式大全，我猜那本書應該有台北１０１的高度那麼厚。

千層蛋糕吃了大半，阿寶才終於再次開口。多半是因為坦誠相見讓她放下了戒心吧？儘管不想承認，但我從以前就被說長得很無害，原本的嬰兒肥也是到高中身高拔高之後才慢慢不見的。

「我沒有說謊，我是真的有點怕男生。」首先做了澄清，她說。

「我的家庭很普通，父母也不是那種一直吵架的類型，就是不知道為什麼……以前國中大家喜歡偶像的時候我就沒什麼興趣，雖然也有嘗試跟別人交往，可是感覺就是不對。我原本以為自己是不是無性戀，可是我又會喜歡紙片人，也會想像跟他們色色……所以我也搞不清楚自己到底是什麼情況。」同時改為禍害可憐的叉子。

「是這樣啊……老實說像妳這種我也是第一次遇到。」

「我會覺得說，我爸媽養我也很辛苦，也知道他們是為我好才這樣說。可是他們自己為了生活都有那麼多事情要處理，過年過節、掃墓煮飯那些傳統儀式，我一點都不覺得快樂。」

「唔嗯嗯嗯……」沒想到話題會變得這麼現實，從這方面來說確實很難反駁她。

我自己的父母是屬於很相愛的類型，即使如此，每到過年過節也會聽到他們慘叫著說要回老家好麻煩；比較好的一點是，家裡並不期待我媽的廚藝，所以這種聚會都直接找餐館解決，也算是省了一些功夫跟紛爭。

不過可以接受這種做法，大概跟現在風氣轉變有所關係，大家逐漸有男女平權的觀念，包括夫妻雙方的地位跟工作量也該平權的想法，可是對於活在五十年前的羅先生就不行了；他像隻蠢鸚鵡，一下看著我、一下看著阿寶，最後在空中畫了個大大的問號。

既然連年輕的實習月老都無法接受，想必月老們更會覺得這等說詞不過是小兒藉口。煩惱地抓抓腦袋，我把剩餘巧克力派吃完，思考著該從哪個角度繼續深入話題。

「不是不能諒解妳的想法，雖然妳可能會覺得我一個男生說這種話沒有可信度。可是現在社會比以前進步很多，也許妳喜歡上的對象家裡沒有這些問題？如果因為害怕就放棄，不會有點可惜嗎？」

「雖然進步很多，但結婚還是要去跟公婆住或是搬到外面去吧？」阿寶戳著剩下一小塊的千層蛋糕，皺緊眉頭說：「我想要有自己的房間，想要保有自己的興趣，想到老了都能開心畫圖跟妄想，可是你覺得一般的男生可以接受這些嗎？」

「起碼我個人沒什麼意見？」我聳聳肩，「我姊跟我媽的BL收藏可是直接放在家裡客廳，妳能想像上廁所的時候隨便拿本架上漫畫看，結果一翻開就見到魔杖對決的心情嗎？還有那種封面超像原作的同人漫畫，看到後面才發現越來越不對勁，我弟說他因此萎了好幾天呢。」

聽我這樣一說，阿寶笑開了顏。

可惜很快又低頭說不是每個人都有這麼好的運氣。

「我覺得妳似乎誤會了什麼。」忍不住用指節敲敲桌面，我喚起她的注意力道：「如果妳覺得命運無法改變，那麼妳來找我看姻緣線也沒有意義不是嗎？但如果妳希望命運改變，對於妳不喜歡的，不管什麼時候妳都可以拒絕。」

「可是月老是神明。」

「神明是庇佑人，不是控制人的。」我試圖用微笑再次緩和氣氛，「不是有句話叫做『人定勝天』嗎？」

「你好奇怪。」阿寶被逗笑了。

她放下叉子，就像那些哄了馬上就爬人頭頂的屁孩一樣回嗆我：「你不是應該像那些阿婆、阿姨一樣，拚命說服我說你家月老給的姻緣絕對不會錯嗎？或是說些等我老了就知道，到時候想要對象還找不到人要之類的。哪有人像你這樣傳教啊！」

「再好的商品都會標榜效果可能有個體差異了，何況是一般人看不到實體的宗教跟愛情。我這免費服務只負責把人引進來，能不能讓人想要信奉，當然是要看神明自己的本事啊。」聽我這樣說，羅先生頻頻搖頭嘆氣。

如果要說我們兩人之間誰比較後悔，我想肯定是羅先生吧。

他一定沒想到會有帶天命的人這麼反骨，嘴上說著怕遭天譴，卻還是把問題全丟回給神明處理。可要換成我來說，免費長期支援這種事情從頭到尾都是虧的，既然占不到多少好處，起碼要讓別人覺得比我還吃虧才行。

即使如此，像我這樣懂得分寸又有良心的人已經不多了。看看，扯完後腿之後我還會幫神明說好話收拾場面呢！

「不過我還是建議妳找個時間去天天開心宮，好好把妳的想法跟神明說一下，這樣月老大人才會知道他的一片好意對現在的妳來說太過負擔。」

「嗯，我會的。畢竟看你的反應，我應該是真的有甩不掉的好姻緣了。」故意大嘆一口氣，阿寶現在的俏皮模樣總算能跟她在網路上的態度連結。

再次感受到女生再年輕也不可小覷，總算結束了今天一天的行程。

晚餐我不打算在咖啡廳解決，因此收拾完東西不多的背包後，戴上耳機準備回應羅先生忍了一整天的抱怨。

然而他還來不及開口，我先舉手要求暫停。

是一直纏著要我幫他看姻緣，但時間總是對不上的花臂兄弟陳武斌打了電話過來。

唉，真想拒接。

♥

♡

♥

「小祈嗎？吃晚餐了嗎？」

「……還沒，怎麼了嗎？」才一接通電話，阿斌爽朗的大嗓門就讓我想拿下耳機。

「那要一起吃嗎？我剛下班，你在哪我去接你？」他本人似乎沒有自覺，情緒亢奮的彷彿週五剛下班的上班族一樣，但今天明明是週三。

「啊那個我是很想啦，可是我今天的神通力都用完了呢。」試圖拋出軟釘子，我說。

「什麼嘛，你以為我只會為了這種事情找你嗎？」聽懂了我的意思，阿斌有些不滿起來，「再怎麼樣我自己也有工作，不會讓人晚上加班啦！」

「喔，是喔。那你特地打來就只是找我吃飯？」

這種話他敢說我還不敢聽。

要知道我們本來就沒有交情可言，何況男生跟男生約見面，非死即傷；不是傷心、傷身就是傷錢包，三管齊下的狀況更是屢見不鮮，才沒有那種只是想吃頓飯就約出來的情況。

而我一不嗜酒、二拒絕所有不良嗜好，從根本上就不是個好局友，因此上大學之後同學們也自覺地把我從聚會名單中省略。

「對啊！」正當我還在思考怎麼拒絕，阿斌爽快地回了：「我剛剛好看到有人發噗說來找你看姻緣，所以才想關心一下。畢竟你也看了幾個禮拜吧？應該沒遇到什麼不好的狀況？我有點擔心。」

「擔心？」這下我更難以置信了。

「嗯啊！網路上那些沒見到面也不知道是人是鬼，而且會特地約見面的人都對自己姻緣很在意吧？如果順他們意還好，但你看起來就沒什麼社會經驗又不擅長說話，誰知道會不會惹到什麼妖魔鬼怪，要知道求偶焦慮的男人可是很可怕的！」

阿斌的語氣十分誠懇，就是口氣上不太正經，看來他說的關心是真的，這麼一來我反而不好回嘴。

「沒事啦，我都有約在人多的地方，真要說他們應該會比我還緊張吧？不過晚餐就算了，我明天還要考試，想早點回家準備，謝謝關心啊。」

「好吧，既然你都這樣說了，如果有遇到奇怪的人要隨時跟我說耶！畢竟你代表我們天天開心宮，而且黃叔也說了要我好好照顧你，所以你別客氣嘿！」說完不再糾纏，阿斌爽快地掛斷電話。

這麼說起來也是，自從擲杯之後我便不曾再去天天開心宮露面，而且因為家人只有在群組裡簡單確認有這件事情，沒怎麼特別追問，所以我更是沒放在心上。仔細想想，家裡人會突然提問，應該是黃伯伯有跟他們打招呼的關係吧，為了讓香火更鼎盛而請阿斌多跟我聯絡亦在情理之中。

突然覺得自己想太多還有些自作多情，真想挖個洞把自己埋起來。

「祈祈、祈祈，現在你可以回我話了吧？」方才一直保持安靜的羅先生突然衝到我的面前，嚇了我一大跳。

「可、可以，我電話說完了，怎了嗎？」

「就是剛才那個阿寶啊。」羅先生雙手抱胸，但漫長等待多少沖淡了他的怒意。

「我也不是要說你那樣回她不好，可是好好一個女孩子本來就該結婚生子，而且她難得有這麼好的緣分，如果真的因為你的鼓吹而錯過不就害了人家嗎？」

「如果會因為別人鼓吹就錯過緣分，那表示也不是多穩固的姻緣吧？」我雙手一攤撇清關係道：「而且什麼叫做女孩子就該結婚生子？你這種話要是被現代女性聽到，可是會把你念到哭出來的。」

羅先生變了臉色，像是想說什麼又不好說出口一樣。

「但是，如果你爸媽不結婚生子，那你也不會在這世上啊！」憋了許久，只吐出一句沒有攻擊力的話。

「我爸媽決定結婚生子那是他們的選擇，我很感謝，但不代表我就有義務要延續下去。何況你也知道的吧，所以才沒有第一時間回嘴。……作為實習月老的你不可能不知道我是個同性戀。」

事實上第一次見面的時候羅先生就說過了，說沒辦法讓我知道我的真命天子。因此，他的舉例才是我父母，而不是我應該要生小孩。

在這方面溫柔的他之所以無法同理阿寶的心情，多半還是因為不能理解時代差異吧。放在他的年代那些理所當然的事情，如今早就被現實推翻，也許不能接受的原因還包含了一部分追不上時代的寂寞感。

「如我剛才所說，現代有很多事情已經不同了，就像同性戀的我有權利跟所愛的人結婚一樣，結婚生子已經不再是人生必解的成就，而是可以更隨心所欲，依照個人意願抉擇的選項之一。」

「雖然這樣聽起來是很好，但從物種的延續上來說……」羅先生說著嘆了口氣：「我真不懂你們現在年輕人在想什麼。」

「那就說現實一點的吧。居高不下的房價、生產所需付出的代價跟風險、養育小孩會花費的時間跟金錢等等，當然五十年前一定也有當時的壓力要背負，可是相比現在來說，那還算是個只要肯拚就有機會翻身的年代。」

「難道現在不是嗎？」羅先生納悶而委屈道。

我搖了搖頭，再接著說：「人口爆炸加上國際化，別說買房了，夫妻不雙薪根本養不起小孩。當然我不是說當家庭主婦會比較輕鬆，可是對女性而言，如果結婚生子還要自己扛一堆事情，這實在是不太吸引人對吧？既然生育小孩的是女性本人，那我覺得她們自己的想法最重要，雖然聽起來有些事不關己，不過一個人要不要結婚生子，本來就是跟他人無關的事情。」

「可是這樣月老的立場……」

羅先生似乎沒有之前那麼抗拒，看起來大量的資訊令他眼花撩亂，一時無法堅持反駁立場。他的語氣比剛才更沒自信，小聲到我差點聽不見。

「別想太多了啦，有不想結婚生子的，也有想要結婚生子的啊！一個商品本來就不會讓所有人都喜歡，與其煩惱那些不需要服務的人，不如更用心在想要服務的人身上，才能達到最好的效果！這麼說起來，你為什麼會想當月老啊？而且你看起來這麼年輕，啊不過以前人都很早婚，你該不會其實有老婆小孩了吧？」

「那倒是沒有。」聽我這樣一問，羅先生的表情總算緩和下來。

他開始跟我分享，其實我沒那麼有興趣的，他的生前故事。

♥

♡

♥

「我是因為意外而去世的。」飄坐在公園的邊鞦韆上，羅先生淡淡地說。

「大概跟你差不多年紀吧，雖然沒有妻女，但有個很喜歡、很喜歡的對象。」

這樣說不太好，然而如此感人的氣氛下，我只在意如果有路人經過該怎麼辦？

我應該要上前裝作自己在推盪鞦韆嗎？

成年男子獨自在公園推著沒有人的盪鞦韆會被當成是怪人吧？

「至於成為月老的原因嘛……老實說並不是什麼大不了的理由，但真要說出口還是有點害羞。對了，我有跟你說過我也是在這附近長大的嗎？雖然嚴格來說是另外一個村。」羅先生靦腆地摸摸鼻子。

「有啊，我們剛見面沒幾天你就說過了。」

「是嗎？總之我在這裡有很多回憶，明明應該是這樣子的，不過五十年實在太久，難免物是人非。」說著聲音飽含寂寞，羅先生低下腦袋。

「抱歉啊，我只是想到當初跟你誇下海口說只要湊滿五對情侶就好……明明你付出了這麼多心力跟時間在幫忙，我卻無法篤定地說實習有所進展，還不小心焦躁遷怒起來……」

「那也是沒辦法的事啊，就算我沒有經歷過，也知道很多事情都是這樣啦。好比說想要在公司推新的企劃案，或者研究所的論文一直無法通過之類，讓我想起我認識的學長之前常常發黑噗說想掐死自己的指導教授呢！」

這麼一想已經好久沒看到那位學長發噗，該不會真的動手了吧？

印象中，他是個有點怕生的學長，不過爛好人的個性倒是幫了我不少，就是每逢期中、期末需要小組報告便會發滿滿黑噗這點令人覺得有點可怕。除此之外沒太多的缺點，而且某種程度上還是我憧憬的目標。

跟貼心幫忙找台階下的我相反，羅先生不僅沒有感受到我的心意，還一臉震驚地瞪大眼睛看著我說：「祈祈你……原來有朋友的嗎?!啊！因為你在學校裡也都是獨來獨往所以我還以為……」

「獨來獨往還不是因為你跟在我身邊又一直問東問西的關係!!」氣得一腳狠狠踹了鞦韆，明明是靈體的羅先生踉蹌著滾飛出去。

「哇啊啊！這樣很危險啊!!」

「危險個頭！你又不會死第二次！」

說完我轉身便走，明天考試的內容都還沒準備呢。

我原本考慮過是否要跟羅先生說明更多現代人的愛情觀，不過對於出生在不同年代的人而言，光是要消化變化就已經費盡全力了吧？就好比說要跟自己的爺爺解釋一樣，並不是說了對方就能理解，更別說認同了。

所以不去催促，反正也不打算因為對方的反對而改變自己。

只是諒解我是同性戀的羅先生，對於同性戀情又是怎麼看待的呢？而且既然有兔兒神的話，同性戀的姻緣線還會歸月老管嗎？

才這樣想著，沒兩個禮拜我便遇到了讓我得以順勢向他提出這些問題的詢線人。

這次來詢問姻緣線的是個剛上高中的孩子，俐落的山本頭帶著不合時宜的青澀跟天真，在已經沒有髮禁的年代還把頭髮剃這麼短，如果不是很乖就是很皮，而他黝黑的皮膚讓我覺得大概是後者。

「你就是噗浪上暱稱『屁屁星人』的小麥？」姑且先確認身分。

「對、對。」一被說到名字他便脹紅了臉，一下抓抓後腦一下搓搓鼻子，好一會兒才傾身向前小聲問我：「你真的可以看到姻緣線？同性戀的也可以嗎？」

我挑了挑眉沒有回答，反而轉過話題問他。

「你喜歡男孩子？」

「也……也不是這樣？」這下他搓鼻子搓得更用力了。

「我以前喜歡過女生，現在也還是覺得女生很漂亮可愛，但是就……」

「但是就遇到了一個讓你覺得很好、很可愛又很特別的男生？所以你想透過在我這邊看姻緣，來知道自己到底喜歡的是男生還是女生？」

「對、對啦！」回答得很乾脆，但小麥已經像章魚一樣，連一雙大耳朵都變得通紅。

「你們學校沒有教什麼是雙性戀嗎？」褪去玩笑心態，我認真看著他說。

身為一名同性戀，我這樣說恐怕有些人不能認同。

但正因為是同性戀，我才更加確定，所謂的性向其實跟性癖一樣，本來就是十人十色，更會根據狀況而有所不同。

我認為人剛出生的時候其實沒有性向之分，或者說絕大部分的人都是雙性戀，只是在成長之後，我們選擇了自己更喜歡的類型。就像有些人喜歡咖啡，有些人喜歡紅茶一樣。喜歡咖啡的人，在有咖啡的情況下通常只會點咖啡，對他們來說，嘗試不同的咖啡比挑戰紅茶來得有意思多了；而喜歡紅茶的人，有些可能光聞到咖啡的味道就不舒服，卻也有些人不介意偶爾嘗試一下不同的風味。

性向也是，就算是同性戀，也有「只喜歡同性」跟「比較喜歡同性」的差異。

如果小麥的年紀更長，最起碼跟我差不多的話，我也許還有心情笑鬧。可是不然，一個剛上高中的孩子，對於自己的性向正處於摸索階段，在這時候需要的是更中立的教育跟引導，讓他知道喜歡不該被性別定義。

「雖然有教，但雙性戀就是既喜歡男生也喜歡女生吧？我雖然喜歡他，但我不覺得自己是喜歡男生，可是我又……啊啊啊啊！我也搞不清楚啦！」小麥暴躁地抱頭大喊。

還好假日的咖啡廳很吵，短暫被吸引過來的注意力在小麥道歉之後很快便散去。

「我以前從來沒喜歡過同性。」冷靜下來之後，小麥低著腦袋開口：「我也知道他一定不是認真的，但聽到他跟其他人亂說我是他老婆的時候，我的心臟真的跳得好快。那是我以前喜歡任何女生都沒有過的反應。」

「所以你懷疑自己變成同性戀，或者他才是你的真命天子？」

小麥點點頭。

「所以如果你的姻緣線上沒有男生，你就會把這份感情當成一時錯覺嗎？」看見小麥刷白的臉色，我才發現自己一時之間竟沒忍住情緒。

「我沒有想過……這個問題……」小麥的嘴唇顫抖。

飄在他身後的羅先生也慌張地繞來繞去。

打從幾分鐘之前，他就不斷打暗號想表示月老的姻緣線不分男女性向，我想他肯定看到了，就跟我一樣，看見手機上小麥的姻緣線裡面確實有著同性。

「抱歉，我不該對你生氣。」

「沒、沒事，我自己也知道這樣聽起來好像有點過分。」小麥再次低下腦袋。

明明早就習慣了，社會上對同性戀情的偏見跟差別待遇，聽到的時候還是會控制不住脾氣，真是不成熟啊。

我自己肯定也是，帶著看不見的有色眼鏡吧？

明明不知道小麥是苦惱了多久才決定來找我確認，只因為他的外表就隨意判斷，認為他一定帶著隨便的心態；這樣的想法才是最不負責任的。

在心裡做了幾次深呼吸，我確定自己從情緒中脫離後才放緩語氣開口：「姻緣線不分男女老少，只要有緣分就可以看到。」

「真的嗎？那……」

「但我希望你再思考清楚，不管你今天喜歡的是男生還是女生，如果有人跟你說那個人不是你的真命對象，你就打算放棄嗎？」

「……我覺得……好像、有點難，嘿嘿。」小麥咧嘴傻笑。

「可是我真的很喜歡他，如果我們不會成的話，我想一輩子都不告訴他，這樣我們起碼可以一直做朋友。」

忍不住拍拍他的腦袋，短刺毛髮有一種奇妙的手感，會讓人欲罷不能地想要多摸幾下。

「這種事情我也沒辦法告訴你啊。」故意大大嘆了口氣，我滿臉可惜說：「老實說我能明確看到的只有過去，因為未來是會變動的，所以只能基於現在的狀況給來詢問我的人一些建議而已。」

「欸?!怎麼這樣！」

「沒辦法啊，要是所有事情都是固定好的話，人生也會很無趣吧？」

「是、是這樣說沒錯啦……」相信了我的說詞，小麥垮下肩膀。

「那……你有要給我什麼建議嗎？啊！我聽人家說要寫本名跟理想型你才能看到吧？等我一下！」說完又馬上恢復精神，一把搶過在桌上的筆記本謄寫起來。

本來只是為了拖延時間而規定的規則，如今一看倒更顯其可愛之處。

之前來詢問的人，有些會不太好意思寫出明確的理想條件、有些則很大方、也有一些會轉個彎寫想要跟某某明星相似之類，但小麥的紙上直接而爽快地寫著，他現在喜歡的人的名字。

「嘿嘿！我之前在家想了好久，如果是漂亮又可以養我的大姊姊那就棒透了！可是想著想著又覺得果然還是他好，只要能跟他在一起，我什麼都不要了！」他的笑容實在太過自信，害我又想揉揉他的腦袋。

「嗯，你的姻緣線確實男生女生都有，因為你總是很直率而熱情的對待別人，所以對你抱有好感的人很多。」我一邊聽著羅先生的補充解釋，一邊擷取內容轉達：「只要你好好珍惜每次相處的機會，這些緣分未來都會成為你不可取代的寶藏。」

即使小麥沒辦法跟他喜歡的那個男孩子白頭偕老，但那條紅色的、代表正面成長的姻緣線也在他的人生中畫出不小的圈圈。沒辦法知道這段緣分怎麼畫下終點的我，只能希望那個終點不要太過悲傷。

如果要說能看見姻緣線給我最大的領悟，大概就是這點吧。

縱使沒有想要跟誰一見鍾情、永浴愛河的天真想法，但能從一而終的戀情真的很少很少呢。不過以另外一個層面來說，就是人不會永遠都是孤獨的；即使失去真摯的愛情，因而痛苦到無以復加，也有再遇見珍惜自己的對象的可能。

跟小麥道別之後，羅先生安靜了很久。

我注意到他盯著小麥背影時的表情，掛著淡淡微笑的眼裡滿是祝福，同時卻又有著幾分彷彿羨慕般的寂寞。

「我還以為你會是反對同性戀那派的呢。」語氣中帶著顯而易見的調侃，我撐著腦袋看他。

「怎麼會?!」

「因為同性戀沒辦法生小孩啊，我還以為月老會比較在意人類的繁衍呢。」

「我才不是、這個意思！」羅先生的雙頰脹鼓，要不是靈魂看不見膚色變化，他應該氣得滿臉通紅連圓眼鏡都會起霧的程度。

「是喔，不然是什麼意思?作為同性戀的一員，我是很感謝你願意支持啦，但差別待遇可不好喔？」

故意掏了掏沒戴耳機的那邊耳朵，我看著羅先生氣到原地跳腳。

今天的姻緣線都已經看完了，不過這次找的咖啡廳實在有夠合我心意，所以忍不住多坐了一會兒，打算連晚餐都在這裡解決。

趁著羅先生還沒想好要怎麼回嘴，我先舉手點餐。

「我要追加一份豬排歐姆蛋包飯，起司加量，還要一杯熱的愛爾蘭奶油拿鐵。」

「哇你真沒禮貌！我話還沒說完呢！」羅先生索性雙手撐在桌上瞪我，要我說這才叫做沒有半點仕紳風範吧？

「那你繼續說？我洗耳恭聽。」乖乖把雙手放腿上，點完餐的我回以微笑。

「唔！首先，我從來沒有說過自己對性向有偏見。」羅先生皺了皺鼻子，隨即恢復以往的文雅談吐，耐心解釋道：「就像之前所述，月老為掌管緣分的神明，雖說是掌管緣分，卻並非是照著自己心意亂點鴛鴦譜。會結緣的人有可能是之前就已經有了緣分，或者是這輩子修來的；無論如何，站在月老的立場上撇除惡有惡報以外，只希望所有人都可以覓得自己的良緣跟幸福。」

「嗯嗯！」

「所以說……我並不是覺得只有男女結婚生子才是幸福，而是覺得明明是個好孩子又有機會，卻白白放棄太可惜了。當然當事人自己的想法很重要，如果喜歡同性那也是他的自由，即使是神明亦無法插足多嘴，因此與其說是排斥，不如說我沒想到短短五十年間，大家對於同性戀情及婚姻觀念能進化到這種程度。」

被送上桌的食物冒著熱騰騰的白煙，起司融化的恰到好處，連同蛋皮一起戳開後露出的番茄醬炒飯飄著淡淡甜味，搭配放在一旁炸得金黃酥脆的豬排，真是光看就口水四溢。

令我花了一點時間才在羅先生的咳嗽聲下回神。

05 不一樣的愛情觀念

顯然沒辦法裝作話題已經告一段落，我放下餐具無奈開口：「我認為那不是進化，進化是生物為了更好生存而產生的改變，但喜歡同性是自古以來就有的事情。真要說的話，我會認為是這一代人已經做好了準備。一個物種，一定會有生的渴望跟繁衍的責任，我不喜歡過去結婚生子算是『解任務』的說法，但從以往的生活來看或許如此；而現在人類已經多到不用擔心會馬上滅亡，才有餘力追求自己真正渴望的事情。」

「真正的……渴望嗎？」羅先生頓了頓，隨後露出苦笑，「也許你說的是對的。」

「是對是錯不重要，重要的是我做的事情對得起自己就好。」

強制把話題結束，我搶在起司還沒冷掉之前低頭大快朵頤。

好吃，真是太好吃了。柔軟的半熟蛋皮加上鹹香起司略帶彈性的口感就足以致命，更別提那超過兩公分厚的豬排，一口咬下，彈牙又多汁，再淋上一點略帶酸味的辣豬排醬，把本來就令人陶醉的滋味提升了好幾個層次。最後是樸實而味美的紅色炒飯，不知道是不是我住校的關係，明明知道番茄醬炒飯再怎麼好吃也就那個程度，卻有一種令人懷念的溫暖感，令我想起小時候，媽媽偶爾會因為受不了我們的哀求而下廚，那為了配合小孩子口味而端出的番茄醬炒飯，就是這種味道。

也是不擅長廚藝的母親少數能端出的料理之一。

把食物一掃而空，結完帳後我才注意到羅先生好一陣子沒說話。原本以為他是不好意思打擾我吃飯，但現在一看臉色不對，明顯是又陷入了自己的牛角尖之中。

放在往常我會懶得多說什麼，只是一考量到他會這麼在意，或許不光是顧慮我的心情，便無法視而不見，更不願意丟他一個人慢慢思考。五十年的差距很難想像，對沒有老人外貌的羅先生來說，比起大家都是他的兒孫，或許比較像是他被世界遠遠拋下的感覺吧？

「你很在意同性戀可以結婚或交往的事情嗎？」於是我主動開口。

羅先生猶豫了一會兒，才點了點頭。

「我覺得這是很棒的事。起碼當我知道這件事情的時候，我開心到哭了出來，雖然那時候的我應該已經沒有淚水。」他笑著聳了聳肩，隨後語氣急轉直下，「可是我以為世界變了，又好像沒變那麼多。你覺得我認為阿寶該結婚生子的想法很老舊，在針對小麥的事情上，卻又好像語帶保留；其實，我有點不敢確定，自己作為月老想要鼓勵人們積極交往的心情對不對，應不應該再照著姻緣線上的狀況去祝福那些人。」

「老實說我也不知道啊。」走在回家路上，我抬頭看著天空。

「權利從『積極爭取』到『變得習慣』需要很漫長的時間，我沒辦法騙你說同性婚姻通過之後世界就和平了，事實上還有很多不敢承認或是只能躲在櫃子裡的人，所以我確實希望小麥能好好想清楚，不要最後自己跟對方都滿身是傷。不過等等，你剛才說你照著姻緣線上的狀況去祝福大家？」

原本還想多說兩句感性的話，羅先生的自白卻嚇得我大腦高速運轉。

而他本人還一臉理所當然。

「你的意思是，到目前為止我們看過的那些姻緣，就是我看的當時、那原原本本的樣子？」

「對啊！」

「唔，這麼說也不對，如果他們有去天天開心宮參拜的話，月老可能會依據他們許願的內容做調整吧？」羅先生認真思索。

但我只想揍他。

「蛤？你知道你在說什麼嗎？為什麼是去看了天天開心宮才會做調整？所以你從頭到尾都沒有自己動手調整過任何一個人的姻緣線？你難道不是實習中的月老嗎？是我搞錯實習的意思嗎?!」

「呃？不是、那、可是？」被我一問羅先生自己也陷入混亂。

「可是什麼?!」

「一點事情都沒做，還全丟給宮廟裡的月老處理，你的實習能拿到成績才怪啊!!」

如果能摸到他的話，我肯定會狠狠掐著他的耳朵扭。

不要在這種時候跟我說月老也有階級之分、菜鳥哪敢隨意更改前輩們寫好的姻緣等等，既然都已經知道紅線不過是暫時定下來的緣分預測表，就該負起責任做為一個神明去聆聽並達成信徒的心願啊!!

被我念到差點哭出來，這個號稱最快完成修業的高知識分子已經不僅是兩光而已，根本是只會死讀書的大笨蛋。難怪，我就想說怎麼可能看了這麼多人還沒有半點變化跟收穫，依照他這種讓我在前面辛苦耕耘，最後卻僅有天天開心宮開心收割的做法，就算到我八十歲他都無法通過實習。

不行，不光是他的做法要改，我這邊也是，得想辦法讓來找我談過姻緣的那些人把功德歸到羅先生身上才行。

「可是、我、我的能力沒這麼大啊……」皺著鼻子抽泣，羅先生趴在地上委屈看我。

「蛤？」

「那個……祈祈你也知道的吧？神明需要有信徒才會有力量，可是作為實習神明的我並無法分到正神的力量，所以……」

「所以？」現在的我可不會隨便接受藉口，我雙手抱胸居高臨下看他。

「所以才會需要像祈祈你這樣沒有明確信仰的代理人，來、來供奉我。」

要是其他人看見羅先生略帶羞澀的表情，說不定會以為是要獻上什麼青春的肉體之類的祭品，但我可是有去過宮廟、做過功課的實習月老代理人，這點小事怎麼可能難得倒我！

「說吧，湯圓、桂圓、紅棗、鮮花跟糖果，你還有什麼想要的？」像個霸道總裁一般，我毫不猶豫地揮手而言。

沒想到羅先生臉上的表情更曖昧了。

「不是，那個是祈求緣分才要拜的東西。」他滿臉羞怯別過腦袋說：「我想要的供品是，剛炸好的……雞腿便當。」

「阿斌，你之前說不管什麼都願意幫忙那句話還算數嗎？」坐在咖啡廳的角落，我面色凝重地看著阿斌。

「啊？我有說過這句……啊！小祈你該不會遇到什麼奇怪的人了吧？我就跟你說過一個人跟這些網友見面太危險！」意外的話題讓阿斌愣了一下，隨即便像上次一樣抓著半點關鍵字瞎猜想起來。

「不是、不是！我只是有點事情想要請你幫忙而已。」

「真的？很嚴重嗎？你可不准說謊騙我啊，像你這樣的人應該不會為了一點小事找我才對！」阿斌的腦筋運轉速度很快，邏輯也不差，更可怕的是目光十分銳利，搭上那身排汗衫完全遮不住的肌肉，我倒懷疑真的有人敢在他面前說謊嗎？

「的確……不能算是小事。」試圖用奶茶壓驚，我忍不住眼神飄移，「但這件事情我只能找你幫忙，所以你能發誓接下來我說的話不管你相信不相信，都不會告訴其他人嗎？」

老實說這幾天我想了很多，如果想要完成實習，我們這邊必須更積極確保成果才行。因此，我假借有空看姻緣的名義把阿斌約出來，其實是打算跟他坦承羅先生的實習內容。當然這件事情已經經過當事人同意，羅先生也正正襟危坐地待在我身邊。

「喔喔，小祈你說的事情我當然會相信啊！」不知道是否察覺到了嚴重性，阿斌放緩語氣試圖安慰我。

而我搖了搖頭，不再猶豫地開口：

「我知道這件事情真的很難相信，而且現在才說聽起來超假，不過你還記得我跟黃伯伯說的，關於我的天命的事情吧？其實不光是可以通靈或是看到一點東西，當然可以看到姻緣也不是騙人的啦，總之就是、那位實習月老大人，現在就坐在我的身邊。」

明明在家裡排練過很多次，可真的鼓起勇氣要說時，腦子卻一片空白，完全只能抓著重點就講，連我自己都不確定自己到底說了什麼，只知道阿斌不發一語，等我忍不住抬頭窺探他的表情，才一臉莫名其妙地開口。

「喔。然後？」

「什麼然後？」現在換我搞不清楚狀況了。

「不是，你本來就是實習月老的代理人，所以月老大人跟著你怎麼了嗎？」阿斌一臉好笑，過會便恍然大悟地拍手道：「我懂了！你以為我會把你當成謊稱神明下凡的騙子是吧！太白癡了吧？你可是讓十八個人同時擲出聖杯，經過神明認證的代理人耶！」

「雖然是這麼說，但有靈感跟神明會跟在身邊是兩回事啊！如果有人說自己會跟神明聊天，這怎麼聽都像是精神狀況有問題的通靈王吧？」我不能接受地反駁。

「是這麼說沒錯啦！」阿斌抓抓腦袋，「那你到底是希望我相信你還是不相信你啊？你這樣一說搞得我好亂。」

「當然是希望你可以相信我。」

「那不就得了。所以呢？我已經相信你了，你要我幫啥？」

咧著嘴笑的阿斌眼裡毫無一絲懷疑，反而害我更加矛盾起來。

縱使早就做好面對他這一根筋性格的心理準備，也確實認為這樣會比較好溝通，不過事情太過順遂總會讓人莫名不安，我跟羅先生對看幾眼，決定還是照著原定計畫開口：「其實要你幫的忙不難，只是希望你能成為我們的中間證人，幫我們跟天天開心宮的月老轉達我們確實有在進行實習。」

之前為了顧及天天開心宮的名聲，對所有來詢問姻緣線的人都是希望他們聽完覺得有準、有幫助，可以回天天開心宮上香答謝，卻從來沒想過那些人是如何跟天天開心宮報告的，說不定會跟羅先生這個笨蛋一樣，把功勞歸功於天天開心宮的月老身上。不，依照我們的作業模式，恐怕九成九的詢線人都只會以為這是天天開心宮貼心的外派服務吧。

事到如今，就算要強硬地要求他們感謝羅先生，多半也只會讓人覺得莫名其妙，認為「羅先生是誰啊？」，可如果只提到實習月老，又不知道會有多少人在參拜的時候記得這檔事。

因此直接找一個跟宮廟有關又不會太干涉我們的人成為證人，請他幫忙作證、定期回廟裡幫我們說好話，應該會是最好的方法。

而且對那些懷疑或是好奇我身分的人來說，熟識天天開心宮，甚至常常出現在宮廟粉絲團照片裡的阿斌應該更能證明我的正當性，並幫我分散掉注意力，不管怎麼想都是個一舉數得的辦法。

唯一的問題就是阿斌會不會點頭同意，以及他的行程是否可以配合。

為了說服阿斌，我更把這段時間的做法跟檢討內容據實以報，只扣除了詢線人們的隱私。

「所以說為了讓實習月老有能力改變姻緣線，現在是由小祈你每天中午供奉他食物？」聽到供品是雞腿便當，阿斌的眉毛抽動一下。

「對啊，原本想說只是吃之前拜一下，就照我的三餐上供好了，誰知道拜過的東西味道還真的會變。」總算找到人可以抱怨，我大大嘆了一口氣。

「會變？可是我常常吃拜過的東西也沒什麼感覺啊？」

「他說是因為半神的關係，所以不像一般的靈體，需要吸收足夠的能量才可以轉化成自己的能力。又因為他只有我一個信徒，所以沒辦法從各種供品中分散自己的吸收量。」看著雙手合十道歉的羅先生，我口述轉達。

從羅先生的角度來看，可以不用顧忌地參與話題應該是非常開心的事情吧？可惜阿斌是個不亞於我的大麻瓜，明明在廟裡做事，卻丁點靈感都沒有，所以只好又苦了我。

「總之，為了不要浪費食物，就妥協成只有中午那餐上供，拜完之後的食物我都有好好吃完。」

「噗！我還是第一次看見像你這種家境好的孩子說不可以浪費食物，該不會你還相信什麼飯沒吃乾淨會娶麻子老婆的說法吧？」似乎對我有了奇怪的誤會，阿斌笑著問。

「你說的這個我爺爺奶奶確實有說過，但並不是因為這點。」我傾身靠向餐桌，比剛才更嚴肅地娓娓道來：「我大一的時候班上有個同學好像屬於有靈感的那類吧，他曾經說過如果不把飯吃完，以後下地獄還是要吃，想想你挑掉的那些青椒、茄子跟苦瓜全部聚集在一個餿桶內……」

害阿斌臉色慘白地看向羅先生所在的位置。

「沒用的，他說他那個年代有得吃就不錯了，根本沒有挑食的機會。」我又怎麼會沒有先求證過呢？

「我有一個問題。」從潘桶的衝擊中回神，阿斌半舉左手開口：「你剛才說，因為實習月老羅先生原本沒有靈力，所以先前來詢問的人的姻緣線都沒有被調整過，可能是這樣才會不被列入撮合成功的名單對吧？」

「對，所以我們打算從今天開始積極撮合有意願談戀愛的詢線人。」

「怎麼撮合？」

「呃？」沒想到會被反問這個問題，我愣了一下。

「所以就是說，透過調整姻緣線……」

「就算調整姻緣線，也不是馬上就能遇到對象吧？」

我轉頭看向羅先生，他一臉遺憾地搖搖腦袋。

即使不轉達，阿斌亦能從我垮下的肩膀察覺到答案。

「對吧，而且應該也沒辦法一步到位，直接讓他們遇上正緣？」

「那種事情就算是月老也做不到吧。」我無奈嘆氣。

即使可以做到，因為別人一次參拜就大改姻緣線的月老，怎麼想都很失格啊。

「我這話說得能有點重，但是我猜小新你也沒有跟之前來找你問姻緣線的那些人聯絡吧？你說羅先生沒經驗所以沒搞清楚狀況，可是在我看來，你也沒有把這件事情好好放在心上。不過啦，光是願意花時間跟其他人提出建議就很偉大了，我不喜歡說什麼『出社會之後才知道沒有人有義務提點別人』這種話，人與人之間如果願意互相幫忙，很多事情都可以變得輕鬆簡單，但事實上就是很少人能做到……」

可能是看我臉色變差，阿斌馬上改變語氣想要安撫我，只是這時候我已經聽不進他的說教。

我知道，事情會毫無進展不光是羅先生一個人的錯，是我自己也沒有好好把這件事放在心上；如果我多用點心去在意後續發展，或者願意多花點心思探討是哪裡做得不夠好的話，肯定不會像現在這樣白白浪費了一個月的時間才注意到問題。

可是這能怪我嗎？

從小就被強行押上的天命，在最繁忙的大學生活，其他人的姻緣好壞到底關我什麼事情了！

然而不願說出這種話的我，更清楚這不過是推卸責任，是孩子氣的鬧彆扭。

畢竟羅先生曾經給了我選擇權。

「祈祈……」想要抓住我的手又不敢，羅先生的語氣裡滿是不安跟擔憂。

「我從來不覺得祈祈有錯，你不要把阿斌說的那些話往心裡去。這是我的實習，是我自己應該注意有哪裡不足，不是你的責任。」

「不。」同時回答了兩個人，我抬頭。

「阿斌說得對，就算我不認為自己的做法有錯，如果想要讓實習圓滿結束，就必須改變做法才對。既然我是為了解決問題才找阿斌來，就不可以把視線再從問題上移開。」

「祈祈！」

死命避開羅先生那「吾家有兒初長成」的感動目光，我對同樣露出敬佩眼神的阿斌綻放微笑。

「所以阿斌，你對於撮合其他詢線人來完成實習有什麼建議嗎？」

並毫不猶豫地把責任外包。

遺憾的是，阿斌苦惱的表情還沒看夠，今天約好的第一位詢線人已經抵達現場。他本人跟網路上的暱稱「咚咚燒」風格完全不同，金框眼鏡跟梳理整齊的頭髮，彷彿教課書裡的社會菁英具象化般，給人的壓抑感及氣勢完全不亞於外型兇猛的阿斌；就連飲品點的都是苦得要死的濃縮咖啡，與其說是來問姻緣，更像是來興師問罪的。

然而這樣的印象在說完他的姻緣狀況後馬上便被顛覆。

「大師、大師……我跟她真的、真……沒可能了嗎？」哭得滿臉鼻涕淚水，咚咚燒不死心地抓著我的手，也讓我慶幸自己今天有約阿斌出來。

「女朋友而已！世界上人這麼多，不適合就再換過，沒有誰非誰不可！」跟不知道該怎麼安慰才好的我不同，阿斌果斷地把咚咚燒的手拉開，又很有男子氣概地坐過去主動拍著咚咚燒後背安撫。

「我不要！大師……我只愛她一個人，沒有什麼挽救的方法嗎？」可惜咚咚燒一點都不領情。

看著那跟眼淚一起奪眶衝向我的身影，我不禁思考剛才咚咚燒喝的應該是咖啡而不是酒精飲料吧？

就算說男人也是人，遇到情傷難以自制很正常，但像水龍頭一轉就開的情緒，放在咖啡廳這種大眾場合實在令人為難。啊……其他客人的目光好刺眼，就連員工都頻頻釋放出「想過來勸話，又因為害怕阿斌而不敢向前」的訊息。

「這、你跟她之間本來就是一面之緣的緣分……」即使尷尬，該說的話還是要說，我一邊窺視羅先生的表情，一邊在筆記本上假裝很專業地亂畫道：「雖然你跟她的緣分已經到了盡頭，但不久之後你會再遇到更適合的對象。」

「我說了不要！既然你都自稱是神明代理，有宮廟認證，這種事情不是應該可以解決嗎？我是真心、真心希望她能回到我身邊！」

「就算你是真心，神明又不是神燈，哪有你想許什麼願望就會實現？」搶先在我之前，阿斌先潑了他冷水。

「可是我很認真，她想要什麼我都給她，不管是錢還是包包，我這麼愛她……」咚咚燒說著，頹然坐回沙發上。

可能是因為他哭得實在太令人於心不忍，也可能是阿斌本來就是這種個性，他嘴上嫌棄地說著別哭了，卻把咚咚燒拉靠向自己肩膀，一雙粗糙大手把那梳得整齊地頭髮拍亂，如果可以置身事外的話倒是不壞的畫面。

「……小祈，真的沒辦法喔？」最終還是心軟，阿斌幫著咚咚燒問。

而我則思考到底該不該回。

大部分會來詢問姻緣的人，都是期望著未來的發展，像這樣用姻緣線來確認自己的緣分是否結束的我還是第一次遇到。

不過這並非經驗值的差距，而是更根本的問題；咚咚燒的緣分不只已經結束了一段時間，從一開始對方就沒有對這份感情認真。

不過會有這樣的狀況並非不能預期，人與人之間的情感本來就是各種各樣，會有認真想要延續的，自然也有不在乎的類型。

「雖然以我的能力沒辦法看到太多，不過咚咚燒的這段緣分在對方的姻緣線裡面只是很小、很微不足道的一段。」漂浮在空中，羅先生搖了搖頭：「就我個人而言，並不推薦他們繼續糾纏下去。」

♥ ♡ ♥

「我想就算我說了，你大概也聽不進去吧。既然如此，你要不要直接跟神明對話呢？」

這樣說著的我，拿出的是原本想著什麼時候可以假裝展現神蹟來炒熱氣氛，而隨身帶著的小型筊杯。裝在小轉蛋裡面的筊杯也就兩個指甲片那麼大，儘管看起來不太莊重，卻已經比直接拿出兩個十元硬幣安靜跟正經了。

「我想先說的是，你是個很棒的人，我能看到你未來會遇到很好的緣分，所以這次問完不管你能不能接受，都希望你不要放棄喜歡別人的機會。」把筊杯推到咚咚燒眼前，我交代完才鬆手。

「謝、謝謝。」咚咚燒說著趕緊接過眼前小小的紅色筊杯。

並沒有出手阻止，我只是一邊喝著水果冰茶，一邊看他不斷重複擲杯。

一次又一次、一次又一次，不管他怎麼擲，就像是被做過手腳一樣，只會出現代表拒絕的陰杯。不只是咚咚燒自己，羅先生的臉色也越來越凝重。

用著未來當上神明他也必須拒絕人類來安慰自己，我想，要不斷打碎一個人的希望肯定是很不愉快的事吧。

等等，他這樣不斷操控筊杯會用掉很多神力嗎？該不會晚點就說沒力氣改變姻緣了吧?!

「別試了。」阿斌趕在我之前先阻止了咚咚燒。

「那傢伙問的杯是真的有神明保佑，這點整個天天開心宮都已經見證過，不會隨便唬爛你。」

「可是我、我真的、很愛她。」

「我也很愛我前女友啊！但她甩我的時候還不是說甩就甩，老子當初還去她家樓下哭了好幾天，哭到她爸媽都出來跟我道歉呢。」說到自己也有些動怒，阿斌雙手抱胸。

「那、那你怎麼走出來的？」一邊抽著鼻子，咚咚燒滿臉好奇。

而無法介入話題的我也樂得聽八卦。

「哪有什麼方法，我那時候還很年輕，酒喝了、車也飆了，整天抓著兄弟就哭說自己心裡空空。」越說越不好意思，阿斌搓搓鼻子避開目光，「畢竟就真的很認真喜歡過，最後是廟裡的師傅看不下去，幫我介紹工作讓我去做學徒，每天忙著忙著就不記得了。」

阿斌還沉醉在自己曾經年少輕狂的回憶中。

可是咚咚燒的臉色卻從「我懂你」逐漸轉為「你說啥」，他一臉嚴肅指著阿斌的鼻子發難。

「你那時候沒有工作被甩也是理所當然吧？」

「你說什麼！林北那時候才剛退伍！再說你有工作就了不起了嗎？還不是一樣被甩？啊？照你這種講法你是缺錢還是沒房沒車了？」阿斌氣得拍桌嗆回去。

「我、我都有啊！雖然不大但也是我自己努力賺錢……」咚咚燒馬上委屈地縮起身子抗議。

「那你倒是說說你為什麼被甩啊！」

啊，這一點我也很好奇，畢竟我看的姻緣線上不會寫這麼細，又不好意思直接問。

只見咚咚燒脹紅了臉把自己縮得越來越小，連聲音亦細如蚊聲。

「她、她……說我雞雞太小……」

啊，這個問題的確是神仙想幫也幫不太上忙呢。

一般來說聽到這種話應該要大笑帶過，可是咚咚燒一臉隨時要哭出來的表情，搞得阿斌只好先低頭道歉，我則安安靜靜地裝成早已不問世事的半仙，只差沒比個蓮花指來表達自己的清心寡慾。

之後阿斌主動表示會介紹技巧好的兄弟，讓咚咚燒可以從其他地方彌補自身的不足，縱使不知道這樣的解決之道究竟算不算好，起碼咚咚燒暫時從失戀的悲傷中脫離；我則把握機會在咚咚燒臨走前與之約定，等他什麼時候覺得願意面對新的邂逅，歡迎隨時再來詢線。

距離下一位詢線人上門還有一個小時左右，趁著轉換地點的同時，我跟阿斌有一搭沒一搭地閒聊：「你也看到了，雖然不會要求你每一次都要陪同，但如果方便，我希望你週末有空就過來看看，然後去宮廟的時候順便幫我們說一下好話。」無視剛才咚咚燒的大部分問題都是阿斌幫忙解決，我理直氣壯地開口。

「這個是沒有問題啦。只是說你們每次遇到的都是這種嗎？這樣要怎麼撮合姻緣啊？」

「這種事情我才想問啊!!」感覺終於有人注意到重點，我趁著街上人不多崩潰大喊。

「每次來問的，不是距離碰到緣分的時間還很遠，就是根本不適合或是不想談戀愛，如果順著原本的姻緣線走也不知道算不算月老有做事，但真的要改動姻緣，又都是一些不可能改到滿意的個案!!」越說越火大，我停下腳步，完全忍無可忍地繼續咆哮：「如果說對方有意願或是願意配合還好，偏偏來的不是把這邊當成塔羅占卜，就是自己也沒想清楚自己要什麼。我原本以為既然有要求必須面對面看姻緣，應該可以篩掉一部分只想玩玩體驗、留下比較積極慎重的類型，實際上被放鳥的次數也已經超過三次，真的很想詛咒他們單身一！輩！子！」

一口怨氣終於得以吐出，連阿斌都被我嚇了一跳。

他一下想安慰我，一下又尷尬的摸摸鼻子，好一會兒總算開口：「抱歉啊，我一開始說你沒把這件事情放心上，是我把事情想得太簡單，忽略了實際可能發生的狀況跟壓力。」

「不，我也說了，雖然我不認為自己的做法有錯，但你說的確實是事實，我必須承認我那時候是有點小偷懶。」看向再度坦率道歉的阿斌，我開始覺得自己好像有點喜歡這個單純的傢伙了。

「那，你剛才說要我想怎麼撮合情侶，我想了一下。月老應該有辦法看到他們相遇的時間或是地點吧？還有你說要變更姻緣線，應該會有條件跟範圍，那個沒有規定可以參考嗎？ＳＯＰ公式之類？」抓著自己的短髮，阿斌皺著眉頭很努力思考地說。

我首先注意到的卻不是他的提案。

「哇！你居然會說出ＳＯＰ，你真的有在工作耶！」

氣得阿斌狠狠拍了我的腦袋。

「我剛才不是說了嗎？雖然幾年前只是學徒，但我現在好歹是可以獨當一面的鐘錶師傅啊！

修的還是一只幾萬到幾十萬的那種名錶呢！」阿斌雙手插腰，一會兒像是懶得跟我說話一樣，左顧右盼地尋找那抹他根本不可能看見的月老身影。

「在這邊啦。」揉著發疼的後腦，我一手指著左上角。

「之前就想說了，你明明是八加九卻是大麻瓜真的沒問題嗎？你們不是要跳一些陣頭之類的？」

「你以為通靈那麼容易喔？又不是每個人都像你一樣有天命。」阿斌哼聲抗議，隨後接著開口：「我倒是想要請關老爺收我當義子，但天生沒這個緣分，所以才會自願有事沒事就去宮廟幫忙，好感謝神明保佑，讓我能健健康康活到現在。……你一定想像不到，我小時候又白又扁，像是一隻隨時會斷氣的瘦皮猴一樣。」

渴望與宮廟結緣卻求而不得的阿斌，跟對宗教沒興趣卻自帶天命的我，也難怪阿斌一開始會對我充滿敵意。

「我還以為你是自己學壞才跑去當小混混呢。」

「看到我的十個有十一個都是這樣想啦！」面對調侃，阿斌爽朗大笑。

「有些還會妄想我家是不是沒溫暖之類，但老實說我家超普通，硬要說的話，家人之間感情應該算好吧？雖然我是有叛逆過一陣子啦，不過從小往宮廟跑，真的做什麼壞事馬上就會被扯著耳朵拉到神明面前罰跪呢。」

「哇！聽起來超傳統的！」連羅先生都有些意外地摀住嘴巴，令我納悶反問：「怎麼連你也嚇到了，五十年前這種方法應該很常見吧？」

「也沒有啊！我那個年代都是被吊起來打。」

哇喔！好像的確有聽說過以前的人打孩子很兇猛，不過這還真是難以想像。

「怎樣？神明大人剛剛說什麼？」阿斌看我對著空氣說話，忍不住疑問。

「沒、沒什麼，對了！阿斌你剛剛找月老是想要問什麼嗎？」把腦中不敬的想像拍散，我果斷轉移話題。

「喔！就是我剛剛說的那個啊！還有我想說會有這麼多無關緊要的人上門，是不是因為你們一開始就搞錯了，我印象中好像是寫想看姻緣線的都可以找你吧？如果把範圍限制在想要找對象的人呢？」阿斌對原本的話題並沒有堅持，一下就把心思轉回剛才被我打斷的話題上。

超出預期的關心跟用心十分感人，可惜這些我前幾天也注意到了；除了重新寫明接受報名的對象以外，我更在噗浪上置頂了一篇完整的說明，包括自我介紹的部分也一併清楚地寫上：我只是天天開心宮裡實習月老的代理人，即使目標是照著月老的指示幫善男信女牽姻緣，依舊不保證一定準確。

當然，敢寫得這麼完整，有一部分原因是因為我相信會乖乖看完的人大概沒幾個。

無論如何，在更改內容之前，預約名單早已排到下個月，因此我現在唯一能做的除了更新公告提醒已預約的詢線人，只剩下乖乖消化目前的報名清單而已。

「聽起來只能且走且看了。」聽我說完，阿斌抓抓腦袋。

「不用太灰心，我覺得下一個詢線人的機會還是滿高的。」站在指定餐廳的門口，我聳聳肩。

這並非客套話，光是會要求見面場地，就足以明白對方對這件事情的慎重程度，何況還是這種有包廂的高級餐廳，都說網路上臥虎藏龍，可真是見識到了。

被服務人員領進包廂之後，詢線人已經坐在裡面；單從外貌看來是位幹練的職場女性，年約三十歲後半，衣服到妝髮都非常乾淨俐落，就是舉手投足都帶著一股凌厲氣勢。也不知道今天是怎麼回事，居然接連兩位詢線人都是社會菁英的類型。

跟上午會見咚咚燒的時候不同，阿斌明顯緊張起來，剛才還三七步的站姿，現在已經變成直挺挺的立正姿勢，連帶在他身邊的我不自覺地跟著繃緊神經。

「先坐下吧，有什麼忌口的食物嗎？」暱稱為「米蘭」的女性笑著以手掌指向她對面的位置。

「我沒有。對了，這位是陳武斌，也是我在天天開心宮的師兄。」

「妳好。」阿斌不自在地點點頭，又說：「我沒料到今天會有飯局，我們應該是各付各的吧？」

「您真會說笑，您是師父的師兄，這餐當然是由我請客。雖然師父說不收錢，但既然是我要求換的地點，理所當然是由我負責。」米蘭再次以手勢催促我們坐下，同時委婉又強硬地拒絕了分攤餐費的可能性。

我跟阿斌對看一眼，兩人的社會經驗都不足以應付這種場合，更別提眼前怎麼看都像是早已習慣各種會議聚餐的主管階級。相比之下，我倆就像是剛出生的小雞一樣，只能乖乖聽話，等米蘭貼心地點完餐後才鼓起勇氣開口。

「米蘭姊是……希望吃完飯才看姻緣嗎？」噢！這是什麼爛問題，我真想掌嘴自己。

「哎呀！師父之後還有要看其他人嗎？我想說姻緣這種大事總不好像神棍一樣三兩句就帶

過，吃飽了、您對我也稍微了解了，才能說得更準確嘛！」

米蘭姊甜甜一笑，我心中的警鈴卻突然大作。

這哪是一般職場女性，根本是盯上青蛙的蛇！原以為是過分親切的飯局，實際上根本是場鴻門宴；以這金錢跟排場為代價，要是我說得不夠準確，恐怕沒法輕易脫身，說不定還會變成海防第一線的消波塊吧？

還好坐的是正對面，我趕緊拿起手機在畫面上輸入文字詢問羅先生他的靈力還夠不夠，我現在合十供奉有沒有效用。

「對了，聽說師父這邊是要寫本名跟理想刑吧？我事前已經寫好一份，還請師父先過目？」

「好、好的。」下意識接過紙張，攤開一看，條列式的要求密密麻麻寫滿大半張A4紙。

長相之類的要求倒是不多，只求乾淨耐看，經濟方面的要求亦算合理，不過是希望跟自己收入相當；然而再下面就不好說了，雖然單獨來看都算是可以理解的條件，可是一旦全部匯總在一起，就變得十分苛求。

「說來真不好意思，都已經四十五歲了，現在還想透過求神問卜來尋覓緣分是不是太晚了呢？」單手貼上臉頰，米蘭姊嬌嗲道。

「怎、怎麼會？妳看起來頂多三十歲而已！」

被我用手肘撞了一下，阿斌趕緊附和：「對啊對啊！像妳這麼漂亮的大姊應該一堆人追吧！」

「哎呀！您們真會說話。」米蘭姊滿意地笑彎了眼眉。

「那，大師您看我的姻緣線，是真的會有很多人追嗎？」但沒有笑意的紅唇馬上又說。

差點以為自己會嚇到漏尿，一手拿著還在跑的手機的我實在不敢冒然回話。

「未、未來的我還沒看到……但是！妳在三十歲之前都一直有很多追求者吧？」

「……是這樣說沒錯呢。」語調冷了下來，米蘭姊顯然不怎麼滿意這個答案。

偏偏姻緣線在這種時候就是跑得特別慢。

密集的黑圈圈之後，筆直的姻緣線漫長而孤單，我一邊在心中催促它快點跑完，一邊吶喊怎麼不快點出現新的圈圈。

不對，姻緣線只是為了方便我看到，這種問題直接問羅先生就可以了吧？

這樣想的我充滿希望抬頭，卻看見羅先生明顯在迴避我的目光。

……不會吧？

06 想要姻緣的原因

以為還沒跑完的姻緣線早就不知道在什麼時候邁入終點，彷彿惡劣的玩笑一般，前期的緣分有多密集後期就有多空蕩。

雖說沒有一輩子受歡迎的人，但這樣的落差也太難以理解。

「所謂的一面之緣，也要當事人同意才算數喔。」想想還是委婉解釋，羅先生臉上難掩尷尬。

原來如此。

再看回表情咄咄逼人不斷追問「還有呢？」的米蘭姊，突然可以理解為什麼她會是這樣的反應了。

放下手機，我嘆了口氣後才緩緩開口。

「沒了。就我所知道的，妳的姻緣線從三十二歲之後就再也沒有出現過緣分。」米蘭姊豔紅的嘴角僵了一下，眼裡怒意更加明顯。不過我並沒有退卻，反而更堅定地表達猜測：「老實說，雖然也有天生緣分就少的類型，不如說緣分本來就是重質不重量，但會有這麼大的反差……是米蘭姊妳自己的問題吧？」

「你是什麼意思。」彷彿被觸碰到逆鱗。米蘭姊臉色完全沉了下去。

「明明說著想要有新的緣分，但一再拒絕上門緣分的人，不就是妳自己嗎？」

「啊？小祈你的意思是……她是特地花錢出來耍我們的嗎?!」阿斌明顯沒聽懂卻搶著幫腔。

「那倒不是，想要緣分似乎是真的，不過與其說是想要緣分……」我伸手指向攤在桌上寫滿理想型條件的紙，大膽斷言：「想要的其實是跟自己相伴的對象吧。」

希望彼此扶持卻又不要被依賴，以尊重之名推開對方跟自己的距離。老實說，以米蘭姊的條件不可能找不到對象，卻特地在網路上找一個只是短暫爆紅、怎麼看都像江湖術士的我來問姻緣，多半是自己也察覺到有什麼不對勁的地方，才會忍不住想要借助鬼神之力。

或許她想要的東西是更簡單的，卻因為得不到只好全部化為死板僵硬的文字。

聽我說完，米蘭姊拍桌大笑。

服務生也正好在此時端上一盤盤熱騰騰的佳餚。可惜再怎麼色香味俱全，眼下這種氣氛實在很難讓人好好消化，更別說要主動拿起筷子了。

「吃吧。」語氣恢復回友好狀態，米蘭姊率先動了筷子說。

「別這麼緊張，其實本來就沒有抱持太大期望，只是問了什麼就要回以什麼是我的習慣，說難聽點就是不想欠人情債。想著萬一真的準卻沒有備好足夠的回禮那該有多尷尬，才會寧願多付出一些比較安心罷了。」

「哈哈……米蘭姊覺得不準嗎？」

米蘭姊直接瞪了我一眼道：「你這孩子還真是不懂說話的藝術，這樣出社會是會吃虧的。」

「我也覺得！小祈這傢伙沒有惡意但真的很不會說話，哪天在路上被人打都不意外！」突然跟米蘭姊一鼻孔出氣，阿斌用筷子戳了戳我的手背。

「算了，就說準吧。那小師父您有什麼改變我姻緣的方法嗎？」用公筷夾了一大塊肉放到我碗裡，米蘭姊雙眼再次盯緊。

露骨的渴求欲跟壓迫感令我不自覺打了個寒顫。真羨慕明明是當事人之一卻可以置身事外的羅先生，他現在瞪著眼前的烤鴨，瞪得眼睛都快直了，讓我有一種自己似乎餓了他很久的罪惡感。

「解鈴還須繫鈴人，我得知道米蘭姊妳為什麼拒絕緣分，才知道有沒有可能改變。」面不改色，我理直氣壯鬼扯，不忘幫羅先生爭取一下：「順便可以幫我再要一副空碗筷嗎？」

浪費別人家的不心疼，再說，桌上這遠超過四人份的菜色就算味道稍微少了一些應該也不會太有感。裝模作樣地雙手合十拜完之後，我把話語權重新歸還給米蘭姊。

她的思緒似乎已經回到從前，對我胡亂供奉的舉動沒有任何反應。

「我以前其實是個虔誠的基督教徒。」突然地，她撐著腦袋說。

「雖然現在沒幾個人在遵守，不過基督教的教義中其實有包含婚前不得發生性行為。」

「我有稍微聽說過。」關於還真沒多少人在遵守這件事。

「一開始只是遵從教義，到後來則覺得沒必要。你們都還很年輕呢，不知道能不能理解我說的情況。」又往我跟阿斌的碗裡各夾了一塊肉，米蘭姊嘆了口氣。「男人啊，就算再怎麼溫柔體貼，到了一個年紀就會變得只想要成家立業。可是女人也有自己事業的上升期，憑什麼要為了他們犧牲未來呢？」

「啊！懂了！」米蘭姊才說到一半，阿斌馬上插嘴，「妳是不想結婚生小孩，只想整天工作的那種吧？我公司的女上司也有一個跟妳差不多。」但要我說，他其實也滿不會看氣氛說話的。

米蘭姊笑了笑，這次改舀了一碗雞湯推到阿斌面前。

「曾經還是想過要結婚，只是因為這個問題最後沒有結成而已。我也不是討厭小孩，只是太年輕，想要有自己的人生規劃；可是再到後來，過了一個年紀後認識的男人只會催促妳再不生就生不出來了，彷彿兩人交往就只是為了延續生命一樣。我曾天真以為年紀再長也許能遇到只想相伴的類型，結果不然。到我這個年紀的女性，基本上在婚配市場是沒有人要的，就算有些年輕的上門，也不過是想當小白臉，期望不勞而獲而已。」

所以先求的是彼此相當、尊重，而後才是退而求其次希望被好好善待的心願。

重新看了米蘭姊的理想型，內心不由得有些酸楚；對現在人來說，不想生小孩甚至不願意結婚都是可以被接受的想法，然而在米蘭姊那個年代，應該因此吃過不少苦頭吧。

一旦了解過後，便能看見精緻妝容下的風霜，那些眼角嘴角難以藏起的細紋，飽含了其他人無法理解的歷練。

「這樣我了解了。不過還有一個重點。」放下餐具，我盡可能不抱持偏見地問：「米蘭姊妳想要的到底是伴侶，還是能共同生活的對象呢？」

「那當然是……」

在米蘭姊回答之前，我搖了搖頭重新說明：「神明不是許願池，米蘭姊見多識廣，應該也看過不少嘴上說了一堆要求，最後結婚的對象跟要求並不相符的狀況吧？月老牽線牽的是良緣，是能與妳彼此善待的緣分，即使如此緣分也需要時間磨合，不會完全與妳期望的一模一樣。」

聽懂我的意思，米蘭姊垂下眼簾苦笑。

以她的年紀，別說是聽年輕人建議，光是要跟我這個比她小了兩輪的人推心置腹說出自己的故事應該就不容易；雖是有神明作為藉口，如果能因此讓她內心舒坦一些就好了。

畢竟她以餐費抵掉人情債，就換成我這邊背上必須提供等價服務的業務壓力。

「說來真是不好意思，也怕嚇到你們年輕孩子。但年過三十之後身體狀況真的會變差，內心也會變得脆弱呢。」再次用笑容掩飾，米蘭姊摸著半邊臉頰說：「其實我原本想得很單純，只是擔心未來老了沒人照顧，總有自己無法照顧自己的一天。可是再怎麼說也是女孩子，雖然都是些能用錢解決的事情，人又怎麼不會希望照顧自己的人是自己足以依賴的伴侶呢？對吧？」說完對著阿斌尋求認同。

「當、當然！」而阿斌那傻子不僅馬上同意還附和起來，「我也會想著能跟自己老婆一起慢慢變老，彼此攙扶！」

「還真是浪漫呢。」

忍不住翻阿斌一白眼，我佯裝托腮思考，實則偷看吃飽喝足的羅先生。依照經驗判斷，他這次會表現得這麼輕鬆，多半是因為米蘭姊屬於可以給予緣分的類型，而非有什麼上輩子的報應導致難以干涉。

不過，無論有再多的藉口跟因果，神明本就是人們為了滿足自己心願而創造出來的存在吧？

不知道他那年代是否已經有拿別人手短、吃別人嘴軟這句話。

「好吧，雖然不能保證是否成功，不過希望米蘭姊跟我一起，再次向神明祈願妳所希望的姻緣。」語畢，我把米蘭姊提前寫好的紙張撕碎。

「這次請妳好好閉上眼睛，直接在心裡說出妳最想要的、希望對方跟妳互動的模樣。」

在其他人眼裡看來，這樣的行為肯定很荒謬吧？

突然在餐廳包廂雙手合十祈願。

但是除了能看到羅先生的我以外，大家臉上都寫滿了虔誠跟敬畏。

我看向嘴唇因為供品而變得油光水潤的羅先生，只見他從虛空中拿出一支筆頭略大的毛筆，就那麼輕輕一點，空氣彷彿水面一般盪起細小的波浪，那肯定是浮在半空中的米蘭姊的姻緣線，即使我無法看清，也能從他下筆抽筆的動作中，了解改寫姻緣是多麼嚴肅的一件事情。

米蘭姊念叨的嘴唇早已停下，只是因為我沒有聲音而不敢張開眼睛，坐在我左手邊的阿斌也是，他可能覺得這種情況下只有自己一個人張著眼睛置身事外很怪，因此縱使眉間已經傳出困惑，依然兩手合得死緊。

待羅先生以袖子擦了擦額頭，我才重新掃描米蘭姊的姻緣線，方才毫無曲折的姻緣線現在多了一條分岔，分別接到以虛線畫成的一大一小的圈；大的是一位帥氣有禮的男人，從尺寸看來可以與她相伴起碼十多年，小的是一位長相平庸甚至身材有些乾扁的男人，從外表就可以斷定為什麼那個圈頂多只有五年左右。

定眼一看，這兩條岔路並沒有回到一起，表示米蘭姊只能從兩個緣分中擇一，更遺憾的是，只有小圈的顏色是紅色的，而且無論哪條路，米蘭姊在姻緣之後剩下的歲月都不多。

「要得到自己沒有的東西不容易，要取回自己曾經捨棄掉的東西更難。」不等我發問，羅先生便主動開口：「祈祈你可以跟她解釋，不過這位女士希望的緣分，恐怕即使到了現在，也難以跟其他她所渴望的東西相比吧。」

「什麼意思？」疑惑一瞬間淹沒我的腦海，沒有多想我便在手機上提出詢問。

可惜羅先生搖頭不語，僅僅伸手提醒沒耐性的阿斌似乎快憋不住了。

無奈咳嗽兩聲，我裝模作樣地宣布神明已經有所回應。

「就是這樣。」我說。

「時間應該是新年之前，妳會有機會遇到這兩位男性，他們雖然都能陪伴妳，但看起來健康帥氣可以陪伴妳很久的並不是你的正緣。」不知道能詳述到何種程度，真希望心中的那把尺可以直接寫清楚。

「你是說如果選擇正緣就只能短暫相處？那也太可憐吧!!」比米蘭姊還不滿，阿斌拍桌抗議。

「我只是說我看到的姻緣線是這樣的，但也不代表會完全準確……」

「不，我倒是覺得這個姻緣非常有意思。就像是神明在埋怨我之前故意避開緣分一樣，果然就算是神明，月老也不過是個小心眼的男人呢。」紅唇彎翹，米蘭姊露出了彷彿接受挑釁的表情。

「呸呸呸!!」不過阿斌馬上又拍著桌子打散現場氣氛。

「大姊妳不能這樣講，舉頭三尺有神明，不管怎樣都不可以隨便說神明壞話！」

「哎呀！你說得對，是我一時口誤了。對不起、對不起啊。」

米蘭姊趕緊再次合掌到處道歉。

一邊是看不到但知道神明存在之人，一邊是看不到亦不知道神明存在之人，他們的態度放在我這個看得到神明存在之人眼裡簡直如同相聲表演；就是段子的取材對象似乎不覺得這表演有趣，還毫不猶豫地雙手抱胸開始抱怨起來。

「什麼小心眼！妳知道我花了多大的力氣才幫妳牽到這兩個姻緣嗎？妳以為只有妳有拒絕別人的權利啊？？」默默地把肚子填飽，我假裝自己聽不見羅先生的怨言。

不過他說的也並非毫無道理。

米蘭姊絕對有拒絕別人、追求自己幸福的自由，但幸福這種東西本來就不是只要追求就可以得到的。

再者，如果以她這種不想欠人情的做事方式，別說是跟人深交了，光是要去信賴別人都很困難吧？依我判斷，她今天願意跟我說出內心話，恐怕也是建立在明天以後就不會相見的前提上，這樣一想，更覺得米蘭姊想要找到一個願意與之長期共處的人一點都不容易呢。

與米蘭姊道別後，由於實在是吃不下了，我跟阿斌索性找了個公園坐著歇息。

「這樣坐著沒關係嗎？不是還有第三個詢線人？」懶洋洋的癱在長椅上，阿斌摸著自己鼓脹的肚皮說。

「沒事沒事，今天只有安排兩個，畢竟約了你出來嘛。說好的要幫你看姻緣呢！」

「喔！真的嗎？那還真是太感謝了!!」聽到可以看姻緣，阿斌馬上彈坐起身子。

「嗯……不過現在吃太飽了，而且我還有一些事情想先問羅先生。」說歸說，卻只能摀住嘴，壓抑想吐的欲望。

剛才不該把剩下的水果都吃完的。

雖然剩著也沒關係，可是因為只剩下一點，就會忍不住想清乾淨呢。

「羅？啊！是實習的月老大人吧！我還是感覺很不習慣，不管是名字還是你說月老大人一直都在這點……他真的現在也還在這裡啊？」阿斌抓著腦袋壓低音量問。

「是啊，不只在，我還打算問問他到底是怎麼一回事呢。」

「祈、祈祈你要問我什麼啊？」飄在阿斌背後離我有一些距離的位置，這位自稱史上最聰明的月老果然早有察覺。

以我來看像是躲在阿斌身後，不過這樣的角度倒是方便說話不少，再考量到一頭霧水的阿斌，我突然覺得暱稱是個好文明，如此一來即便我把細節描述得再詳細，對於不認識當事人的阿斌而言也不算是公開他人隱私。

「不用這麼緊張，我只是對於今天看到的種種有些疑問而已。」臉上掛起微笑，我試圖用兩個人都能聽懂的方式敘述：「今天米蘭姊的姻緣線可以這麼輕易變動，是因為她的天命裡是能夠擁有良緣的，對嗎？」

「你要這樣解釋並不算錯，綜觀她的前世今生，都是足以得到良緣的好孩子。」羅先生頓了頓便坦承。

「所以米蘭姊的姻緣線，原本在三十歲之後還是有很多緣分的，對嗎？」

「對、對啊，真的是很頭痛呢。我也是查了一下才發現月老們都對她的固執感到煩惱不已，多虧如此，才可以馬上查找到適合的緣分。」說著忍不住抱怨起來，羅先生頻頻嘆氣。

也許站在他的立場很是為難，可我就不同了。

我招招手讓羅先生稍微下降一些，便指著阿斌的鼻子毫不客氣地大罵：「你還敢說！之前看姻緣的時候我建議不想談戀愛的女生拒絕，結果你就暴跳如雷，說什麼那些是規定好的天命，結果米蘭姊根本就靠自己扭轉命運謝絕緣分了嘛!!」

「那、那是例外！像她那樣比頑石還硬的脾氣又不是天天都有！」羅先生有些慌張，但還是理直氣壯地回覆：「再、再說月老可是負責撮合姻緣的神明，當然不可能鼓勵大家不要結緣啊!!」

「可是當事人都已經說不想要了！你別說你忘了阿寶有多困擾！而且你還因為這些問題一直跟我鬧脾氣！」光回想就令我一肚子火，這事要放到回家再吵我肯定會睡不好覺。

無辜的阿斌馬上察覺自己被夾在兩人中間成為最悽慘的犧牲者，原本還擔心他會不會跟著生氣起來，看來光是分析現在的狀況似乎就令他筋疲力盡；一下是搞不清楚狀況的錯愕、一下是終於想通的歡愉，下一秒又因為只有單方面的對話而難以判斷內容，還不時參雜不知道自己該不該回嘴的猶豫。

即便有些對不起他，我仍完全無法忍住繼續爭吵的衝動。

還想辯駁的羅先生早已知道傳統那套說法無法說服我，他一會兒氣得瞪大眼睛，一會兒又暴躁跺地，最後乾脆不管不顧道：「那我有什麼辦法！別說是幫忙斬斷緣分了，我從前學的就是有良緣是好事啊！可愛的孩子、善良的信徒就是值得獲得好姻緣！」

「你是哪邊來的八股老頭還是喜歡幫人牽線的大嬸嗎?!」

「等咧！這句話太過分了！」阿斌忍不住一巴掌摀住我的嘴。

說是「搗」，其實根本是用力拍上來，痛得我一瞬間眼眶泛淚。
可是他的手比我的臉還大，被一把握住完全無法動彈，只能委屈地瞪著他。
「小祈，我是搞不懂你幹嘛這麼火大啦。就我聽起來就是他想要幫人結緣但你不要的意思？」
我無奈地點頭同意。
「啊……你應該知道月老是掌管什麼的神明吧？你跟他吵這個沒意義啊。何況又還沒談戀愛怎麼會知道自己喜不喜歡，說不定人家一碰面就看對眼，到時候反而怪你多管閒事？」
說完之後，阿斌確認我已經沒有強烈反抗意識才鬆手。
阿斌說得並沒有錯，甚至是我心中一直偷偷擔心的事情，可是如果在這時候同意，就像輸了一樣，我盡可能平靜地看著他跟羅先生回道：「不是所有事情都要嘗試之後才知道喜不喜歡。就像你也不會需要吃過大便才知道自己不想吃大便吧？」
「你這話說得太偏激了啦！」阿斌果然無法認同。
於是我又舉例道：「那如果說我跟你說你的正緣是跟男生交往呢？你有可能因為這是月老指定的緣分就點頭同意嗎？」
支吾半天最後還是沒有回應，我等到回到家後，才想起今天又忘了幫阿斌確認姻緣線。
橫豎看來都是臭直男的阿斌，恐怕從來不曾想像過自己跟同性交往吧，事實上我還以為他會馬上大吼說：「怎麼可能！」之類的。之所以沒有馬上回嘴，說不定是因為擔心我是否真的看到、感受到什麼才故意這樣暗示？
不，以他大剌剌的個性判斷，多半不會有如此細膩的心思跟考量，無論如何，下次想要約他出來大概有點難度，只能希望阿斌過兩天去廟裡的時候會記得幫忙說點好話了。

除此之外，在那之後羅先生意外地沒有鬧脾氣，而是彷彿深思什麼一般，窩在角落不發一語。秉持著不自找麻煩的原則，我裝作沒看到地忙著自己的事情。

跟羅先生相遇到現在也差不多三個月了，該說人類的適應力真是驚人嗎？我現在居然在煩惱月底回家過聖誕的時候羅先生不知道會不會覺得很尷尬。

但仔細想想，反正又沒有人能看到他，相比之下，只能跟羅先生跨年的我比較委屈才對。

「祈祈你現在在忙嗎？」乖乖站在桌子旁邊，羅先生一臉好奇。

「嗯？也不算很忙吧。剛才跟同學約了小組討論的時間，還跟阿寶說了米蘭姊的事情。」點出剛關掉的對話視窗，我滑動畫面表示。

「欸？你之前不是說最討厭做這種事情嗎？」

「是啊，既沒錢賺現在又不算缺人報名，不過阿斌說得也對，提供一些售後服務也許可以讓他們對我們的事情更信任吧？誰知道會不會因此對你的實習有幫助呢。」不過我自認自己不太擅長公關，說不定會有反效果也不一定。

只是誠意方面扎扎實實地感動了羅先生，他現在正用閃閃發光的眼睛，滿臉感恩地看著我：「祈祈你……果然是個好孩子呢！」

「是嗎是嗎，既然你都這樣說了，那可得賜個好姻緣給我才行。啊，我需要把我的理想型先寫下來嗎？雖然自己說有點不好意思，但我也是個寧缺勿濫的人，所以要求還不少呢！」說著便從抽屜中抽出計算紙。

可惜馬上得到羅先生的白眼。

討厭，他到底是什麼時候跟誰學壞的。

♥　♡　♥

經過我的一番努力，羅先生應該暫時有把「好孩子＝好姻緣」的公式從腦中刪去，應該。

一轉眼又到了跟詢線人們約好的時間，這幾天阿斌果不其然沒有跟我聯絡，不過就算聯絡了，他也無法參與平日的行程。這次的對象跟米蘭姊一樣提出了想更換場地的需求，畢竟咖啡廳算開放空間，可以理解會希望約在更隱密地點的心情。

話雖如此，當我抵達對方指定的地址時，還是有了也許不該接受的想法。

那是一棟非常老舊的建築，雜亂的招牌跟曖昧的用色令人有些不好的聯想，「幸好還不到營業時間」跟「多半是我走錯地方」兩個想法才併出，一位穿著清涼的女性就從建築物中跑了出來。

「嘿！你就是網路上那個很準的通靈大師嗎？」她滿臉笑容地對我揮手，「拍謝啊！我沒想到你這麼年輕，你沒有被嚇到吧？」

說不出沒有也不敢說有，我只是釘在原地不可置信看她。

「怎麼？我認錯人了嗎？」

「祈祈你快點回她啊？」羅先生似乎還沒察覺不對，在他的催促下我難以轉身就跑。

「小……泡芙？」只好乾巴巴回問。

「嘿！『左蘭一生推的小泡芙』就是我。」女性燦笑著指指自己後直接拉住我的手，邊說邊往另外一棟建築物走進去：「那邊是工作場所，這邊才是我跟你約的地方。確定不收錢對吧？不過你長得這麼可愛，錢以外倒是可以給你一點殺必死啦！」

「不不不，如果覺得準的話直接去天天開心宮參拜就可以了！」

表面上冷靜的我，此刻內心早已大聲慘叫，要不是因為羅先生擋在身後，我真想拔足狂奔。

小泡芙看起來不到三十，精緻的指甲彩繪跟比預期還大的力氣相當反差，令我大腦有些錯亂；現在回想起來，當下沒有直接尖叫著跑掉，多半是因為我抱持著男性即使被女性綁架，也沒有太高的受害可能性的天真想法吧。

總之，等我回過神來才意識到自己被帶進了一間老舊公寓，紅色鐵製大門鏽跡斑斑，小泡芙剛把鑰匙插進鑰匙孔內，馬上就有兩名女性衝過來開門。

「來了？在哪在哪？」

「就這個？這還是學生吧？」

「唉唷！就是因為還是學生才不收錢啊大姊！」

「讓開點、讓開點，你們別擋著讓人進不來啊！」

才一有人說話馬上又冒出更多人，清一色都是女孩子，看她們穿著打扮之休閒，應該是都在這個地方同居。

身為大學生，我早已習慣在經過女生宿舍時，遇見隨便搭個外套就跑出來的女孩子，但對活在半個世紀前的羅先生來說，那迷你短褲下的白皙大腿似乎有些過於衝擊；只見他尷尬地低頭用雙手遮住眼睛，要不是靈魂沒有顏色，大概連耳朵都羞紅了吧。

都怪羅先生吃鱉的模樣實在太過有趣，害我一時之間看得忘乎所以，再回神時已經被拉進客廳，像是觀賞動物一般被將近十名年輕女性包圍。

「等、等等，妳把我拉回來的意思是要我幫這些人一個個看姻緣嗎？」這時候才意識到不對，我出聲大喊。

「對啊！大師你不是寫說歡迎想看的人報名嗎？」站在我身後的小泡芙理所當然說。

「一般來說會覺得這指的是一對一吧?!」

然而我才一說完，眼前其他女性馬上又此起彼落地念叨起來：

「怎麼，不能看嗎？」

「就說天底下哪有那麼好康的事情，是泡芙又搞錯了吧？」

她們的音量不大，但也沒刻意壓抑。

與其說是彼此交談詢問，更像是透過討論來施壓一般，可以看到小泡芙的臉色越來越凝重。

「那、那你也沒有寫有人數限制啊！」反倒像是我做錯了一般，小泡芙厲聲指責。

「就算沒有，我也有寫時段吧？」忍不住扶額，我耐著性子說：「先不說一個小時我看不了這麼多人，通靈本身就是很耗費心力的。」

「那、那你打算看多少人！」小泡芙不死心地雙手叉腰問。

老實說在這種時候開先例只會害死自己，而且對方也不會感激。

可是剛才看了一圈，小泡芙顯然是這些女性當中年紀最小的，無論找我來看姻緣這件事是否是她為了取悅大家所做的獨斷專行，從沒有任何一個人幫她說話來判斷，要是我一口回絕，她的立場多半會更艱難吧。

儘管她的立場跟我無關，不過我的生活經驗告訴我，即使錯的不是自己，惹火女性的代價大到不如承攬錯誤還比較輕鬆愉快。

厭惡地嘆了口氣，我緩緩舉起比著三的右手，並且不等她們開口便說：「但我只幫我家神明挑選的人看，一人二十分鐘，時間到就結束。如果不能接受，就當作我走錯地方，沒來過這趟。」

女性們面面相覷，好一會兒才有一位顯然地位較高的大姊開口：「人家來都來了，反正咱們也不吃虧，就照他說的做唄。」

豔紅的雙唇跟指甲令她看起來更為年長，只是更加吸引我注意的是那過於強烈的口音，剛才僅有簡單掃過一遍，現下仔細一瞧才發現現場好幾位並非台灣面孔；總覺得知道越多越不好，等她們陸續點頭同意後，我便從背包裡抽出計算紙，胡亂撕碎再揉成團，假裝作法似的一邊碎念、一邊把紙團丟在地上。

作法本身當然是毫無意義的，演出這段戲不過是方便請羅先生幫忙，直接指出三位以他看來有可能結成姻緣的人選而已。

「天靈靈、地靈靈，實習月老聽我令，牽姻緣、話姻緣，好運佳人如你願；不求多、不求少，東南西北求三位，隨你挑，隨你選，還請告知哪三位。」

「好了，月老大人已經告訴我他的決定，現在被我點到的這三位請往前。」不知道是不是我看起來太可疑，那三位女性互看了好一會兒才在其他人的催促下站到我面前。

如今我更加確定，自己是被她們當成派遣占卜師，或者說是餘興節目請來；除了小泡芙以外，她們根本沒有人真的相信，甚至是期待聽到自己將會遇見什麼美妙姻緣。

♥ ♡ ♥

「天啊大師！你說的真的都是真的!!」抓住我的手驚呼，剛才還一臉不信的傢伙現在激動得彷彿隨時會哭出來似的。

坐在第一位被點名的大姊身後，其他女性紛紛鼓譟起來。

她們每個人的雙眼因為興奮與好奇而閃閃發光，不停追問著小泡芙關於我的資訊；雖然這是令我感到驕傲的事情，但我話正說到一半呢，真希望她們可以自覺著小聲一點。

「安靜點！妳們吵得我都聽不到了！」搶在我之前，大姊破口大罵完便馬上轉變語氣追問：「然後呢？大師你剛才說的都好準，我過去真的就是一直被這些爛男人騙，那你看我之後會有好的姻緣嗎？」

「有是有。」我看向站在她身後的羅先生。「月老說，妳必須改掉給男人花錢的壞習慣，包括現在的那位。才有機會遇到好好善待妳的緣分。」

這話才剛說完，大姊的臉色突然變了。

「阿姊！妳還在給那傢伙錢嗎？不是早就跟妳說過那個人不好！」

「沒有啦！那就、就一點點而已！」不想被罵也不好反過來說我撒謊，大姊摸摸鼻子起身往後退。

「不行啦！妳要好好聽大師的話，真的不能再給那傢伙錢了！」

因為時間也差不多快到二十分鐘，我便沒有阻止。在拉拉扯扯的勸導戲碼結束之前，被我點到的另外一位女性倒是主動搶占了位子；她看起來比剛才那位大姊年輕一些，大概三十五歲前後，一雙濃眉大眼加上獨特的口音，感覺可能是越南籍或是馬來西亞籍的。

她不等我開口，直接拿過桌上的計算紙，照著前一個人的範例寫下自己姓名。

「大師，剩下的我用說的可不可以呀？」她殷紅的臉色帶著幾分羞怯，待我點頭後開心得像個小女孩似地一一細數她所喜歡的特性。

不像幫前一位大姊看姻緣時，為了取得這些女性的信賴，我花了不少時間在描述她過往的戀愛對象。這次則是反過來把心思用在聽對方敘述上。

方便起見，姑且先稱這位女性為「外小姐」；外小姐確實如我所料是外籍來台生活的居民，她說自己其實在家鄉有一位如意郎君，只是這兩個月對方的態度變得非常冷淡，既然今天被點名可以知道自己的姻緣線，那她也做好心理準備，想知道這段感情是否能繼續下去。

老實說這番描述令我非常意外，甚至好奇地詢問她是否已有其他在意的對象，然而外小姐搖搖頭，依然開朗地否決了這個猜測。

「女人的第六感是很靈的，而且做這行哪會不懂男人。我們女人啊，對於愛著自己的人是掏心掏肺什麼都敢掏，但如果對方不愛了，那就收收回來。」

「就是！我長這麼大，就只學會了這件事情必須聰明一點，其他的，笨一點沒關係！」聽到外小姐說話，其他女性跟著幫腔。

她們說一說自己便笑出聲，令人難以判斷到底是自嘲，還是在炫耀自己掌控男人的手段。比較起來，臉色還有些困惑的羅先生反倒顯得做作。

半個小時後，我在姊姊們的熱情歡送下勉強脫身，之所以會說勉強，是因為小泡芙還跟在我的身邊。假借送我離開的名義，她正嗟呼嗟呼地說著自己的感想：包括怎麼在網路上找到我、包括沒想到我說得這麼準、包括我看起來年輕但態度這麼冷淡一定交不到男朋友。

「等等，最後那個不對吧？」皺起眉頭，我抗議。

「那不然大師你有男朋友了嗎？」她卻更高興地嘻嘻笑著。

「現在是沒有，不過這個跟妳沒關係吧。」

「是沒錯啦，反正我身邊也沒有好男人可以介紹。」她說完停下腳步頓了頓。「今天謝謝你啊，最近生意不太好，姊姊們已經很久沒那麼開心過了。」

簡單的感謝令我有些難以回應。

跟著停下步伐，我轉身看她。

「雖然沒辦法幫上忙的我說這種話感覺滿矯情的，不過妳還年輕，還有其他工作可以挑吧？」

家家有本難念的經，以她們這麼多人合租的狀況看來，應該不是為了輕鬆賺錢才選的工作。即使如此，光是想要從坑裡爬出來就需要耗費不少力氣，何況還是一邊挖著地下金礦的人，多半只會把自己越埋越深。

而那是站在平地，可以選擇走樓梯慢慢爬的人難以想像，也無從置喙的事情。

「哈？沒有啦！我們只是陪客人唱歌喝酒而已，沒在賣的啦！而且姊姊們多半還有其他工作，我也是還在找兼差啦！」用力揮了揮手，小泡芙大笑著反駁。

但看到我的表情後，她眉頭慢慢皺了起來，隨即像是偶像劇裡常見的女主角一樣，才一蹲下眼淚便奪眶而出。

「那怎麼辦，我家就欠了這麼多錢啊。我也不想自己的世界突然變成這樣，我根本都還沒做好準備⋯⋯還是說跟你求了就可以請月老給我一個有錢的男朋友嗎？」雙眼一哭就紅，她楚楚可憐看向我。

「不，妳這輩子還是別指望男人了。我剛看了一下，到妳五十歲之前無一不是爛桃花。」而我則冷淡無情地直接敲碎她的希望。

要是真的放在偶像劇，男主角應該會蹲下用手指幫她擦去淚水，然後說：「不，這種事情不需要求月老，我一定會想辦法幫妳解決問題。」之類巴拉巴拉的吧。

可惜這不是偶像劇，我也不是異性戀，更對她沒有興趣，因此我做了自己唯一覺得能對她有幫助的事情。至於她能不能理解我的用心良苦，從她馬上擦乾淚水的堅強，或者說心機反應看來，未來應該不會有什麼問題？

「我這算是多賺了一次嗎？謝啦大師！我下次會再給你介紹其他好客戶的！」在公車站，小泡芙用力揮手向我告別。

「還真是個充滿活力的女性呢。」等車一發動，羅先生馬上忍不住讚嘆。

「說起來祈祈，真難得你沒有抱怨她的姻緣線怎麼這麼爛呢。」

「不然呢。」一邊戴上耳機，我無奈地看向他：「我總不能要你派一個替死鬼去幫她償還債務吧？何況家裡欠錢到要讓年輕女孩去賺這種快錢才能擋，恐怕不光是金額，連欠錢的方式都很糟糕。那種無底洞如果不解決，只會把所有人拖下水而已。」

07 代理人的代價

「總覺得祈祈你在某些方面很現實呢。」
「是啊，偶爾有人抱怨我不太有同理心，我就會叫他去找我姊。」
「啊？」
「禮貌的禮，心字旁一個斤的忻，我姊的名字。」
「童禮祈跟童禮忻嗎？你爸媽還真是……會取名字。」似笑非笑，羅先生表情怪異地打量我。
「還有個小一歲的弟弟叫禮析，我猜他們後來不再拚老四是因為想不到還有什麼不同音又右邊有斤的字可以取名字了。」我聳聳肩一派輕鬆回。
羅先生被我逗得笑了出來。
距離下個詢線人約的時間還有將近一小時，中午時間不管哪邊人都很多，剛走進咖啡廳還沒來得及找到位子，手機倒是先響了起來。
是阿斌打來的電話。
「小祈嗎？我記得你今天也有幫人看姻緣吧，啊都還好嗎？」一如往常，阿斌還是沒等我開口就風風火火地說了一串。

「還可以，我現在正要去見第二個詢線人，怎了嗎？」我有些意外反問。

「我是要跟你說，我已經去廟裡拜過，還有我這週末有空，你再把地址傳給我吧。」說完頓了一下，又放緩語氣補充：「你沒事就好，那就先這樣了。」

掛斷電話的聲音在我意識到之前已經傳來，一瞬間不知道該說是生氣還是莫名其妙，我用阿斌也是情非得已的藉口來安慰自己。

也是，就算他覺得尷尬不想跟我見面，只要回到天大開心宮，必定會被詢問跟我有關的問題吧？所以想要速戰速決，減少更多交流的機會非常理所當然。

把多餘的情緒從腦中揮出，趁著還有一點時間，我給自己點了一份奶油野菇義大利麵當作午餐。

奶油的香氣加上菇類特有的口感跟氣味，即使沒有肉也能吃得很開心，美中不足的就是份量實在有點少，可惜在我猶豫要不要加點個三明治之類的輕食來墊胃時，對面的椅子已經被人拉開。

「抱歉抱歉！我不小心睡過頭了，應該沒遲到太久吧？」急急忙忙坐下的是一位戴著粗框眼鏡的女性。

綁得凌亂的馬尾跟休閒到像是出門前隨便抓的穿著，如果不是眼角還殘留一些化妝品的痕跡，以及一看就是精品等級的提包，說不定會誤以為是跟我差不多年紀的大學生也不一定。

「沒有，我還在決定要點什麼。妳呢？話說回來妳還真是毫不猶豫呢，一般不是都會再確認一下才入坐？」越看越覺得這人古怪又可疑，我不動聲色的立起手機掃描。

「因為大師您有傳訊息說已經坐在角落了嘛，而且我朋友有大概說過您的長相。不過雖然聽朋友說過，沒想到您真的這麼年輕呢。」雙手托腮裝可愛，她說完後招手叫來服務生。

點餐本身並沒有問題，可是點完餐後她默默把帳單往自己方向挪的手法令我更加確定，眼前的女性應該出過社會幾年，並且非常熟知應酬文化，或許是常常立於需要承擔消費的狀況，才能如此自然地掌握餐桌上的氣氛跟主導權。

就在此時，她的姻緣線也跑完了。

「我肚子好餓喔，如果大師不介意的話，我們先吃完再聊？」連笨拙都轉化成天真無邪，她舉手投足散發著恰到好處的女性魅力。

「我好像沒有說不的權利。」害我只好無奈回以苦笑，「不過妳剛才說的朋友是？」

「啊！雖然說是朋友但其實也是網友啦，大師您還記得之前有請您看過的小麻嗎？日文的暱稱，最後面放了一個蝴蝶圖案的。」

「啊……好像有點印象。」

何止有點印象，那個女生是最早期報名的網友之一，我沒記錯的話好像還是個高中生吧？她的個人河道是鎖起來的，但從布置可以看出是個非常用心經營自己世界的腐女。

那時候秉持著來者不拒的我並沒有多想，單純認為對方只是願意嘗試新事物的年輕人，沒想到那傢伙根本是個研究者，一旦確定我說的話真有其準確度，便轉為不斷詢問各種問題；好學本是好事，可她從我是否有陰陽眼、怎麼與神明結緣、如何看到姻緣線等等，一路追問到我的姻緣及性向，其激進態度讓自認坦蕩光明的我第一次想躲進櫃子裡。

當然，她問的問題我有盡量模糊回答，以避免不必要的麻煩。

「就是她跟我說的，說您講的超級準確，而且她還寫了一篇很完整的心得，所以我一直很期待可以見到您。」可惜顯然，麻煩還是找上門了。

「啊哈哈，是嗎。妳這樣說我反而有點緊張了，如果待會有不周到的地方還請多見諒。」

「好喔好喔！我會以寬大的心胸去看待的，畢竟人有失足、馬有亂蹄嘛！」

「那還真是謝謝了。」

「不過大師，你怎麼會願意每週兩次無償幫大家看姻緣啊？是有什麼緣故嗎？像是你有發願或是天命之類的？」再次撐著腦袋，她眨了眨那雙藏在粗框眼鏡下的大眼。

果然預感總是好的不靈壞的靈。

看她這追問的口氣跟態度，哪像是個普通的年輕女性，不如說是……

嗯？

再次看向姻緣線上顯示的姓名，我突然覺得似乎有一點點眼熟。

「那個……妳該不會是電視台的記者吧？」

她愣了一下，隨即展開笑容。

那是打算糊弄過去的表情。

「如果我沒記錯的話，應該是……王……婉雅小姐？」但我並沒有放她一馬的打算。

「你認得我？」她故作驚訝，「我還以為現在年輕人都不看電視新聞了呢！」

「是沒什麼在看，不過我爸媽會看，所以偶爾回家吃飯的時候就會看到。」我聳聳肩，並再次解釋：「不過會記得名字是因為通識課報告的關係，我看過妳寫的那篇關於吉祥物扮演者有多辛苦的報導。」

「原來如此，早知道會被認出來我就不這麼努力裝扮了。」說完她拿下眼鏡，並重新綁了高馬尾。

看來遲到的原因也是假的，從她沒擦乾淨的妝容判斷，應該是剛從其他地方趕過來吧。

「所以我可以當作妳來找我並不光是想知道自己的姻緣，而是想要採訪我嗎？」我歪了歪頭。

王小姐用一臉「你何必明知故問」的表情看向我。

「我只是不太懂為什麼要故意隱瞞到這種程度。」我聳聳肩，拿起自己的冰水果茶大喝幾口。

早先可愛天真的模樣已然褪去大半，現在只剩下社會人士特有的精明幹練，以及現實。

「哎呀，那不是因為現在的年輕人對記者有很多偏見嘛。」

「我還以為是因為妳怕見了我之後發現是個神棍不好脫身，所以才想先親自確認看看呢。」

喝到底的吸管發出嚕嚕聲，而王小姐臉上的表情則越來越臭。

「你很喜歡故意這樣反問別人嗎？」索性捨棄敬語，她皺著眉頭道。

「我只是不喜歡被人試探。」

「嗯哼。我承認這點是我不對，不過你也知道，記者本來就要對自己的報導負責，想要先確認真假並不算有錯。」實在算不上道歉，她打開自己皮夾取出一張名片推了過來：「重新自我介紹，我是ＴＴＶＳ電視台的記者王婉雅，希望可以採訪最近在網路上頗具話題的實習月老代理人。」

「我拒絕。」我瞬間回絕。

王小姐顯然早有心理準備，可是飄在她身後的羅先生就不同了。他一臉怎麼會有人拒絕出名機會的錯愕表情，隨即像是跳祈雨舞一樣，誇張地以肢體動作表達不滿。這個現場只有我能聽見的嘮叨聲，如果不做點解釋應對的話，說不定會一直吵到我耳朵出血為止。

「既然妳是小麻的朋友，應該很清楚我沒有宣傳自己的打算。我認為重要的是傳承月老文化跟保留民俗信仰的習慣，所以與其採訪我，不如採訪其他覺得月老有效的民眾。」

「所以你是打算請我直接轉身回家囉？」把水波蛋戳破，王小姐吃了一口沾滿蛋液的生菜，宣告自己並無離席的意思。

「也不至於，既然妳都來了，該看的我還是可以幫妳看一下。」

把依然躺在桌上的名片用兩指拉向自己，雖然不一定能派上用場，但記者這種人脈收著亦沒有壞處，像我這種沒有特長的學生，還不知道什麼時候有跟電視上的人見面交流的機會呢。

早先的藉口似乎起了作用，羅先生現在正安安份份地確認王小姐的姻緣；根據我剛才簡單掃過的印象，王小姐的姻緣線並沒有什麼特別的，雖然一面之緣是很多啦，畢竟是個美女，這多少也還算理所當然之事。

只是不知道為什麼，羅先生似乎陷入了糾結之中。

「祈祈。」注意到我在看他，羅先生指了指我蓋在桌上的手機。

「這位小姐的姻緣線還沒完全斷，你有辦法勸她一下嗎？」

一邊聽著羅先生的解釋，我放下被我咬爛的吸管，對著正以鼻哼表示感謝的王小姐說：「妳剛結束一段緣分沒多久吧？或者說妳覺得結束了，但對方還在試圖挽留妳。」

「你怎麼知道？」

沒有回答，我繼續說：「雖然不知道妳想結束的原因。但如果妳願意的話，那段緣分對妳來說會是不錯的歸宿。」

「這可不是一般占卜師會說的建議……你真的看得到？」王小姐震驚地坐挺了身子。

「當然，我可不敢用神明的名義去騙人。」

一般來說，會來找我的多半是還沒有遇到緣分的詢線人，即使偶有想挽回姻緣的，但像這種明明已經趨近結束，羅先生卻希望能延長緣分的狀況還是初次遇見。

以紅線繞成圈的正緣，點開之後只有照片跟姓名，無論我怎麼看都看不出這個名叫「李仔齊」的人有什麼特別之處，值得月老出面幫他說話。

然而會走向結局的感情一定有它的道理，所有說是「為你好」的話，對當事人來說通常當下都難以接受，王小姐臉色凝重了好一會兒，才揑著眉心提問：「能看到什麼程度？長相跟名字之類知道嗎？」似乎還在掙扎，她用叉子亂戳著剩餘的生菜，突然改變主意道：「算了，這世界上本來就有很多無法解釋的事情。」

「是啊，我以前也不怎麼相信這種事情呢。」

「這句話的意思是……你不是從以前就看得到嗎？」馬上抓到關鍵字，她的表情變得充滿好奇，「我聽說敏感體質的人從小就能看到，不過大部分都是認關公為乾爹之類，被月老收為代理人還是第一次聽見，是因為業務類別不一樣？」

「這我也不清楚，但跟妳想的狀況不太一樣，我只能看見姻緣線跟我家的月老，其他好兄弟一律看不見。」

回答之後才發現自己似乎太多嘴了，可是王小姐完全不是省油的燈，她沒有馬上追問讓我想拒絕回答的話題，反而導回我理應得回覆的問題上。

「那如果我堅持不想破鏡重圓呢？我之後還有跟其他人相守的姻緣嗎？」

「這個嘛……」忽視掉羅先生臉上的遺憾，我在桌子底下偷偷滑著手機確認。「雖然是有，但那是好幾年之後的事情了。如果妳有打算結婚生子的話，我不太建議這麼做。」

「那你有遇過其他高齡的詢線人，或是讓你印象深刻的案例嗎？」眨眨雙眼，王小姐這轉移話題的方式真是快狠準到令人生不了氣的程度。

害我忍不住失笑看她：「我想未來應該也找不到比妳更令人印象深刻的詢線人。」

「既然如此，作為認識的見面禮，就不能透漏一點讓我知道嗎？」

「也許等我哪天退休之後吧。不過我倒是可以跟妳分享神明建議的拜拜方式，像是怎麼描述自己的理想型會比較容易傳達給月老大人之類。」

從背包裡拿出之前整理好的資料，要不是覺得每次都要耳提面命太麻煩，我還真懶得抽空製作這些。

條列式並附帶圖片的說明可是汲取多位詢線人的建議才修改成如今好讀易懂的版本，背面則是把網路上的介紹簡化後的宣傳跟聯絡資料，方便提醒詢線人在推薦給其他人的同時別忘了回天天開心宮還願致謝。對成品感到滿意的同時，也覺得自己學校的作業都沒做得這麼認真過。

「都是常見的內容呢，沒什麼特別的。」王小姐快速地翻了翻，「像是盡量舉例特質而不是以明星或角色形容、不要短時間內去拜複數月老、心誠則靈之餘也要多給自己認識其他人的機會等等，有做功課的人應該都會知道吧？」

「呵呵呵，雖然是這樣說沒錯，但這世界上不做功課，或者說做了功課之後還是任意妄為的人並不少啊。」

「所以，果然大師在跟其他人詢線人接觸的時候，遇過不少光怪陸離的事情吧。那麼除了會以角色來舉例理想型以外，還有遇到什麼特殊的情況嗎？像是特殊性向的詢線人是怎麼對應的呢？」直到最後一刻都無法放鬆戒心，她又追著話題咬了上來。

「把妳的錄音筆關掉，還有如果之後讓我看到報導上有提到我的資訊，我就讓妳孤老到死。」

「嘖！」

♥　♡　♥

「連錄音筆都有準備也太誇張了吧？」

「我其實只是隨口那麼一說，沒想到真的矇對了。不過如果不是羅先生一直堅持她那份姻緣斷掉很可惜，我是沒打算跟她說那麼多啦，雖然結果好像也沒勸成功就是。」

週末下午，我趁著第二位詢線人抵達之前，先跟阿斌閒聊。

一方面是想抱怨，畢竟主要內容非個人隱私，沒什麼不可以說的；一方面是想要調節氣氛，即便阿斌表現得一如以往，但就是因為太平常了，反而讓我有些不太自在。

「月老說很可惜？為啥啊？我還以為結束就是結束了呢。」

「如果是一般的姻緣是這樣沒錯。你還記得之前靠自己的堅持改變姻緣線的米蘭大姊嗎？」看到阿斌用力點頭，我繼續往下說：「我也是上次才知道的，除了拜神祈求跟當事人的努力以外，姻緣線也有可能因為意外而改變。」

「意外？」阿斌一臉不能理解。

「好比說像是遇到疫情或戰爭的時候，像那種無法見面甚至一方死亡的情況，就算月老想要牽線也是枉然吧？當然也有因為細碎的意外堆疊而改變，彷彿蝴蝶效應的情況。」

「你這樣說我是有聽懂啦，所以那個記者就是因為意外所以姻緣線改變了？可是你不是一直覺得既然對方不想要那就不要嗎？你會幫月老說話才真的讓我意外呢。」雙手抱胸，阿斌滿臉不信。

會得到他這種評價似乎算我咎由自取，只能乾笑兩聲接受了。

「總之就是這樣，羅先生說因為意外而認識其他一面之緣很尋常，但因為意外得來的正緣就不同了，是一般人求之不得、得來不易的好姻緣。」

「是喔，那聽起來真的很可惜呢。不過話說回來，」改為單手架在膝蓋上撐著腦袋，阿斌坐姿豪邁，「我雖然可以理解你不想出名的原因啦……也沒必要防堵到這種程度吧？何況她還有親自採訪算好了，現在不是很多都直接網路上抄一抄嗎？」

「是這樣說沒錯啦。」我嘆了口氣，轉動著飲料杯裡的吸管，「但你想，先不說公開別人的隱私會引來什麼後果，等羅先生實習通過之後我就沒有這個能力，要是變得太紅到時候想解釋跟拒絕都很麻煩吧？」

「喔？月老大人的實習有進展了嗎？」

這個問題我也想問，可惜羅先生很自覺地搖了搖頭。

「我開始覺得羅先生根本搞錯實習通過的門檻了。」

「哈哈，不然你就請他回去確認一下？」阿斌事不關己地大笑。

「他說他問過了。」再次大嘆一口氣，我趴到桌上悶悶不樂。

「月老的工作就是牽姻緣，從這點來看應該沒有錯……再這樣下去我可能要改行當紅娘，或是直接舉辦噗浪聯誼了。」

嗡嗡的震動聲傳來，是手機收到訊息的聲音。

我抬頭一看，正好跟剛進來的一位先生對上視線；那人的身材比阿斌還壯，滿臉的大鬍子經過修剪依舊充滿野性，正常尺寸的手機在他手上看起來就像玩具一樣。

他對著我搖了搖手機，隨即露出燦笑：「哇！我沒想到會是這麼年輕帥氣的大師。」

「謝謝，旁邊這位是天天開心宮的阿斌。」把菜單推向詢線人，我簡單介紹。

「我知道，你噗浪上有說。那我點一杯焦糖瑪奇朵，然後大師你叫我『熊熊』就可以了。」

大概是不好意思在神明的代理人面前自稱哥，賴上暱稱「熊哥」的詢線人瞬間變得可愛不少。

一般來說我會根據心情跟詢線人看起來的狀況，來決定要不要馬上把計算紙推過去，或者先隨便閒聊一下，只是偶爾會有像熊熊這樣，與其說是開朗，不如說是耐不住尷尬，所以急著開話題轉換氣氛的人。

他首先稱讚了阿斌的肌肉跟紋身，這令通常不是話題中心的阿斌愣了一下，但很快便接受對方的好意，並有些彆扭地回以善意。

「謝啦！」阿斌說，「你也……嗯……很強壯、很帥！」看起來就是這輩子除了幹話以外沒好好稱讚過同性的樣子。

不過熊熊並不介意，他笑得更開心了，連犬齒都露了出來。「能被你這樣的直男稱讚，我現在有信心不少。老實說我正打算跟一個異性戀男生告白……」熊熊害羞的抓了抓後腦。

「所以是想先來確認會不會成功？」

「不！不是這樣啦！」熊熊慌張地揮舞雙手否認。「我只是想在告白之前請月老幫幫忙，就像一般去廟裡拜拜一樣。」說完靦腆一笑，又抓了抓自己的臉頰：「其實原本是想問看看今年有沒有緣分啦，但預約之後覺得自己越來越喜歡對方，無論如何都想努力看看。……反正都是拜月老，有個可以跟月老溝通的活佛在，應該會比較有效果吧？」

我跟阿斌對看一眼，這下反倒換成我不知道該不該偷看一下他的姻緣線了。

總覺得要是看了之後不如預期，不僅會遺憾難過，說不定還會因為崩不住表情被熊熊發現，乾脆從現在就捏著膝蓋盡可能裝出撲克臉，我用眼角偷瞄羅先生，希望他能偷偷給我一點暗示。可惜他老人家似乎終於感受到有人把自己當成月老膜拜的喜悅，別說注意到我了，滿眼的感動就差沒直接撲向熊熊。

不過這說不定代表羅先生會因此幫熊熊牽線也不一定。

因此我放柔了表情，微笑著同意他的做法。

「當然，你的心意我一定會轉達給我們家的月老知道。」

「真的嗎?!太謝謝你了大師！」那雙手毛濃密的大手用力地握住了我的右手，從傳來的溼熱感能輕易判斷熊熊有多緊張。

之後，熊熊熱情地跟我們分享他跟帽子先生相遇的故事：尋常而平凡，開了一家美式漢堡店的熊熊，一開始只是覺得每天經過店門口的帽子先生像根隨時會倒的豆芽菜，別說外型不符合他的審美了，那人長相普通到拿掉帽子他根本認不出來的程度。

「如果不是因為那天實在沒客人，我大概不會主動跟他搭話吧？」焦糖瑪奇朵的泡沫染白了熊熊的鬍子，他舔舔嘴巴後繼續說：「我真的沒有多想，就是怕他這樣下去哪天猝死在我那店門口怎麼辦，所以拿了一張菜單給他，跟他說有空來吃個漢堡。」

「然後他就進去吃了？」阿斌皺皺鼻子。

「沒有，他說漢堡太貴了，而且他沒時間。」

姑且還是把菜單收下，帽子先生小心翼翼地摺了兩折才塞進口袋。

對當時的熊熊來說已經是盡人事只剩下聽天命了，做了善事的滿足感讓他覺得自己應該得到一座好人好事代表獎盃才對。

然而隔天之後就沒看見帽子先生，不過熊熊的店本來生意就不差，作為美味又高CP值的網紅店，興許是因為忙碌而錯過也不一定，等熊熊再次想起帽子先生，已經是下個月月底。

還是一樣消瘦，帽子先生拿著菜單進店，在理應是上班時間的平日下午，點了熊熊店裡最貴的一份套餐。

「我那時候都嚇死了，還想著要不要報警呢。萬一他把我的漢堡當作最後一餐，我還真不知道該不該感到榮幸。」

「你也太誇張了吧，一個漢堡套餐頂多三、五百，哪有那麼可怕。」擺擺手，逐漸沉迷故事的阿斌嗤笑。

但熊熊馬上吹著鬍子反駁：「什麼三、五百，我家的頂級套餐可是要價兩千八的松露和牛堡搭配龍蝦濃湯，保證真材實料，連薯條都是馬鈴薯、地瓜、紫薯混搭的三色薯，用料實在、誠意驚人好不好！」

「這也太貴了吧?!你家漢堡是有鑲金喔！靠夭！還真他媽有貼金箔在上面！」看著熊熊出示的套餐照片，阿斌大聲吐槽。

貴歸貴，但不愧是名符其實的網美店，擺盤一看還是令人心動不已。

把滿溢的口水吞下肚，我出面扯回話題。

「好了好了，總之他人到現在都還活得好好的吧？」

「當然！不只好好的，還胖了一大圈呢！」熊熊滿臉驕傲地繼續說：「我當時忍不住雞婆了幾句，結果他說是公司的案子好不容易告一個段落，所以想犒賞自己一下。從那之後，他每個月底都會到我店裡吃套餐，害我還得想辦法研發新的菜色滿足他呢。」

「啊他不是說沒錢？」阿斌翻了個白眼，似乎對於漢堡的價位耿耿於懷。

「嘖嘖嘖，那一看就知道是拒絕推銷用的藉口啦！」熊熊搖了搖手指，「不過我還是有關心一下，好像說是因為前妻的關係欠了一屁股債吧？還要支付小孩的教養費，是很辛苦的好男人呢。」

但阿斌並不認同這個說法，他先是問了熊熊關於帽子先生欠債的想法，又問了對於小孩的預計應對方式。

縱使阿斌盡可能表現得很中立，語氣中還是能感覺到他對同性戀的質疑跟排斥，不知道是否已經習慣這樣的態度，熊熊臉色變都沒變，十分開朗地把所有尖銳發言以笑置之。

「雖然我是很認真地想跟對方交往，但兩個人在一起又不一定能走到最後。」熊熊的眼神堅定而溫柔，非是想要說服對方，單純只是表達自己的想法道：「如果我們有幸能在一起，我認為幫我愛的人一起扛下他世界裡的所有苦痛，是理所當然且幸福的事情。至於他的孩子，如果他不能接受我的話我會很遺憾，但我尊重他的想法，就像我尊重所有因為不了解我而對同性戀有誤會的人一樣。」

令阿斌一時之間說不出其他話。

等到熊熊離開之後，阿斌才皺著鼻子表示這其實是他第一次跟同性戀聊天。

「就算說同婚已經過了，那個想法跟習慣還是很難改啦。」一臉不自在地，阿斌抓抓耳朵。

「啊……那你就把他想成性癖？就像有些人喜歡貧乳，有些人喜歡巨乳一樣，只是有些人喜歡男性有些人喜歡女生而已。」

「這樣嗎？你這樣說我好像可以……」阿斌皺著眉頭思考，一會兒露出嫌惡表情說：「不行，我只要想到有人對著雞雞的尺寸評頭論足就覺得噁心。」

好不容易才忍住沒吐槽他「那每天被評論的女性該怎麼辦」，我看向因為收到訊息而再次震動起來的手機，距離約好的時間還有將近一個小時，不料對方居然傳訊息說他因為臨時有事無法前來。

原本算好了結束之後正好可以買個晚餐回家，現在這時間不上不下的做什麼都很尷尬。索性乾脆來把欠債還清，我戳了戳還沒從不愉快的想像中脫身的阿斌。

「下個人說有事不能來，不如我先幫你看姻緣？」

出乎意料地，阿斌愣了一會兒後瘋狂搖頭：「不了不了，我想了一下既然拜月老可以改姻緣，那也不一定要現在看嘛！再說……如果我最近有緣分的話，不就沒時間陪你了？」

都說直男撩人不知輕重，令我忍不住深吸一口氣。

不過也是，以他白痴的程度應該還沒注意到我是同性戀。一直以來秉持著不隱瞞亦不主動告知的原則的我，現在倒有點想要積極出櫃一下。

只是自己開口會顯得像是玩笑話，我仍在猶豫該怎麼引導對話，阿斌卻先起了頭。

「對了！我之前一直很想問，你看了這麼多人的理想型，也給了各種建議，那你自己的理想型又是怎樣的啊？」

「我嗎？嗯……我覺得自己沒什麼特別的要求呢，可能還是要看感覺吧？」我歪著腦袋思考。

「這也太抽象了吧？不然就舉例看看？總有明星或藝人……啊，你說過不建議拜月老的時候拿名人當例子。」阿斌困擾地抓抓腦袋。

「其實也不是完全不行啦，只是現代資訊爆炸，常常說出來的角色月老不認識或是誤認。不過我舉的例子你說不定認得？嗯……我的理想型是張衛健。」考慮到年代跟知名度，我其實不是很有自信。

不過阿斌「啊！」了一聲，明顯知道我說的人是誰。「不對啊，我是讓你說理想型，又不是說喜歡的藝人。」他一臉不滿。

「是理想型啊。雖然光頭的造型我沒那麼喜歡，但五官依舊帥氣迷人，個性也有很多吸引我的地方。」輕啜一口早就被冰塊稀釋得失去滋味的檸檬紅茶，我無辜回應。

當下阿斌的表情與其說是錯愕，比較偏向「你明明說的是中文，我怎麼一個字都沒聽懂？」的迷惘狀態。

他一下抓抓鼻子、一下摸摸臉頰，好一會兒才突然大喊出聲。

「原來你是GAY啊！」

我點點頭。

「你怎麼之前都沒說？」

「一般人也不會逢人就說自己喜歡異性啊？」理直氣壯地，我看著他那因為憤怒而皺緊的眉頭。

是因為討厭同性戀，還是因為感覺被欺騙呢？

原本飄在附近的羅先生不知道什麼時候晃到遠處去了，可能是不想捲入這種無聊的鬧劇吧。

眼見阿斌欲言又止好幾回，這樣下去說不定等到晚餐時間他都還憋不出一句話，我只好上前幫他一把，把話題再扯回原本的問題。

「話說回來，我對你之前寫的理想型也有點在意呢。為什麼要寫說好好愛你，不說真心的？」

沒想到阿斌不僅不感激，還像是我故意欺負他似地，等了好陣子才努努嘴、心不甘情不願道：「因為她們每個人都說愛我的時候是真心的啊。所以我希望不要只是愛的時候真心，而是可以兩個人好好地相愛相處。」

「我總覺得這兩種聽起來沒什麼差。」害我忍不住挑刺。

「有啦！『好好』就是認真的、完整的意思嘛！」

「喔……。」我敷衍回。

「算啦！比起我，那你呢？」不知道為什麼又把話題繞回我身上，阿斌焦躁地抓抓腦袋後伸手指著我鼻子：「我也知道同性戀不代表只要同性都好啦，但你有沒有，呃，現在喜歡的對象啊？」

什麼我我你你，這個問題也太跳痛了吧？

狐疑地轉轉眼睛，我好笑看他。

「你還記得我是神明的代理人嗎？再說就算有，我說了你也不認識啊。」

「那也說不一定啊！」他鼻哼一聲。「其他我不敢說，幫忙追女朋友我可在行了！」

「追到自己的女朋友都劈腿跑了？」我雙手抱胸挑眉，好整以暇地欣賞他又皺緊的眉頭。

像是被激怒的野狗一樣，阿斌的情緒跟敵意一向直接又爽快，反而令人忍不住想逗逗他。

無論好奇也好，單純瞎閒聊也罷，我都沒有義務跟阿斌分享我的私生活以及個人感情。畢竟撇除代理人的身分，我就只是一個普通的成年男性而已，這樣的身分讓我無需跟任何人交代，而我倆的關係也沒有到可以分享私事的程度。

但偏偏那麼一時起意，想著反正他一定不認識、就算知道了也不能幹嘛，我半歪腦袋說。

「也不是不能告訴你啦，如果你知道伊索大學電機系的系草的話。」

「喔喔，伊索大學電機系……」他複誦一遍，隨即瞪大眼睛。「等等，你說的人不會叫做章嘉傑吧？」

這下換我傻眼了。

一般人會知道當地公立學校的系草名字嗎？又不是校花或校草，雖然我個人認為嘉傑的長相比號稱校草的那位還好看就是。

「哇！世界真小耶！我當初聽到他是系草還一直笑他，沒想到還真會有男生看上他啊！」唯獨這種時候眼色很快，阿斌開心地笑鬧起來，一會兒搓搓鼻子，驕傲地自我介紹：「我是那小子的表哥，他小時候的作業還是我幫他做的呢！」

「不是吧？」

「騙你幹嘛？不信我現在打電話叫他出來？」

「等等等等，先不要、不要！」我趕緊按住他準備撥號的右手，「你、你不是排斥同性戀嗎？哪有人像你這樣知道目標不是自己就馬上把對方賣掉啊！」氣紅了臉地瞪著眼睛罵他。

阿斌卻笑得更惡質了。

那臉色完全就是年長者故意作弄小孩子時會露出的表情。果不其然，他拍拍我的腦袋又揉了揉，像是卸下心房般地鬆了口氣。

「我還老想著你做為神明的代理人，我到底該怎麼跟你相處才好呢。這樣一看，你也不過是個普通的男孩子嘛！」

「拜託，你也才大我五歲而已。再說你們這些八加九不是早該習慣這些了？」拍開他的手，我一臉鬱悶。

「所以說——我平常對廟裡那些真有本事的師父還是很有禮貌的啊！」阿斌理直氣壯，馬上又挑著眉頭問：「不要說把人賣掉這麼難聽，你看起來這麼純情的模樣……真的不需要我做大哥的幫忙介紹？」

「不用不用，反正我就是這麼純情。何況我都看他兩年了，當然知道他對同性一點興趣也沒有。」

說起來我才是最沒有資格指點別人戀情的那個吧。

熊熊讓我想起跟他故事相似的小麥，當初那樣嚴厲地指責他，結果自己根本是個連告白都不敢的膽小鬼；說著知道對方不喜歡我、不想給喜歡的人造成困擾，其實只是忌妒吧，忌妒他們有說出口問人、甚至考慮奮鬥看看的勇氣。

所以我才會不在乎羅先生無法承諾我的姻緣圓滿，因為自己早就阻斷了那個可能性。

不知道什麼時候回到了我的身邊，羅先生僅是靜靜地看著我，像是他早就知道這些一樣。

不，應該是真的知道吧？作為月老的他，怎麼可能不知道呢？

說起來如果只是暗戀，根本沒有實質交流的戀愛，還能算是一面之緣嗎？如果算的話，能把以前喜歡過的人永遠收藏在自己的紅線故事裡，也算是一個浪漫的結局了。

「欸！我突然想到！」阿斌好奇的聲音打破了我寧靜的幻想世界。

「我聽過關公的義子說，關公會庇佑他們，讓他們不受鬼怪侵擾，可以健康平安地長大，那你呢？有月老保佑的話，姻緣會比較順利嗎？」

「沒有，羅先生只有說就算我的能力因為他離開而消失，未來看人的眼光也會變好。」我聳聳肩。

「不是啊！我是說你現在有沒有……」比我還激動的，阿斌突然以拳擊掌，「對了！你有看過自己的姻緣線嗎？」

我搖搖頭，換來阿斌一臉「這人到底是乖還是傻」的表情。

然而在我解釋之前，阿斌一把搶過我的手機就要幫我拍照，我本能地伸手想要阻止，卻輸給忍不住好奇起來的內心。然而半分鐘過後，只傳來阿斌困惑的聲音。

「奇怪，沒有出現你說的東西啊？」

「那是因為能觸發功能的本來就只有被指定的代理人。」難怪一點都不緊張，羅先生飄到我倆中間說：「不過就算能觸發，也看不到祈祈你的姻緣。」

「啊？為什麼不能看到我的姻緣？」

「嗯？月老大人說不能看到你的姻緣嗎？」從視線方向注意到我不是在回他話，阿斌乖乖放下手機，跟著等待解釋。

一直以來讓人感覺平易近人的羅先生，難得展現出排拒感。

不光是因為他正居高臨下地看著我們，他冷漠的表情第一次讓我有種「這個人跟我是不同階層」的感覺，也許被神明俯視著端詳就是這麼回事，令我不禁有些口乾舌燥起來。

無法看見情況的阿斌過沒多久便開始用眼神催促，甚至介意地扯了扯我的袖口，希望他暫時不要干擾的我，只能反手抓住他的手。

大概是我倆的窘迫模樣太過可憐，羅先生終於輕輕嘆氣，卸下拒絕回答的防備姿態。

「其實這件事情本來就該讓你知道，只是因為以往的月老們都不建議告知，所以我也很猶豫……老實說，被選為代理人的人，在實習月老通過之前，所有的姻緣都會被暫停。」

「欸？等等，你說什麼？」

「不過不用擔心，跟你有姻緣的人的緣分也會被暫停保留，所以你的正緣不會因此消失，放心吧！」擠出親切和藹的笑容，羅先生搓了搓雙手。

08 劇情急轉直下

「不，稍等一下。」沒有被他的表情欺騙，換我一臉嚴肅地捏著眉心。

「羅先生你誠實地回答我，你們月老的實習有期限嗎？」

「欸？期限嗎？這個我好像沒聽過呢，指導我們的月老只說等完成任務或者時機到了就會知道。」

「那我再問一下，你有聽說過其他月老花了多久時間才完成實習嗎？既然你自稱是最快取得實習資格，應該也有聽過這類的傳言吧？」

「喔喔！有啊！我聽說上一屆的月老有一個好像四天就回來了吧？」羅先生笑得更燦爛了。

但我只想說，那個四天指的好像不是人世間的天數耶？

幹！又騙我！

一個以神明為目標的人可以這樣一騙再騙的嗎?!

完全無法忍住崩潰心情的我，被阿斌急忙拖出咖啡廳。即使如此，一想到剛才的失態，我還是決定兩年內都不再去那間咖啡廳消費，可惜了他們家超好吃的戚風蛋糕。

「還好嗎？」把我按在公園的石椅上，阿斌滿臉擔憂，「我看你剛才怪怪的，想說先把你拉出來，就算要吵，現在這樣也能吵得比較舒服吧？」

「……謝謝。」我不斷努力深呼吸，總算擠出好好解釋的情緒，「羅先生說代理人在月老實習期間不會有姻緣發展，然後上一個修業成功的月老花了四年的時間。」

「四年?!不是說只要湊到五對情侶就好了嗎？而且我只有聽說過基督還是天主教的修女不能結婚，台灣傳統習俗沒有這種的吧？」

「那是因為很多人談了戀愛就看不見周圍……」羅先生還真好意思多做解釋，我憤恨地直接打斷他的話：「如果不是羅先生說錯，就是情侶的門檻比預期的還高吧？說不定要是五對正緣才行，或者需要滿足其他條件。」

感受到我視線中的殺意，羅先生趕緊揮著雙手急忙解釋：「沒有這回事！而且每一屆的題目都不太一樣，就算再怎麼快，加上報到跟回報狀況等等需要完成的程序，最起碼一定是隔天才會回到天庭。」

然而這已經無法形成安慰。

仔細想想，從去年九月我生日到現在也過三個月了，說長不長說短不短的時間，依照我們目前這種茫然前進的方式，很快就會半年、一年地過去吧。

含淚咬牙，我再次看向心虛到捏著自己雙手的羅先生，下達最後通牒道：「你再說一次，原原本本地告訴我，你拿到的題目到底是什麼。」

「呃……就是，讓現代人知道跟月老溝通的方式、學習現代人對愛情的憧憬跟觀念，還有學著成為一個合格的月老，好提升月老的名聲跟香火。」唯唯諾諾，羅先生扳著手指說。

「那上次那個在人界待四年的前輩的題目你知道嗎？」

羅先生趕緊點頭：「除了後兩個一樣以外，因為那陣子各宗教競爭激烈，所以還需要拉八百名從來沒拜過月老的信徒誠心來拜月老才行！」他回答得非常誠懇。

聽完我的轉述，這下換阿斌感到不可思議，令我慶幸自己不是一個人，真是太好了。

「上一個月老大人找了八百個信徒才過關，你怎麼會覺得只要湊五對情侶就可以及格啊?!」完全說出了我的心聲，阿斌對著羅先生的反方向問，我則貼心地幫他腦袋轉正。

「因為這次沒有要求數字啊……」羅先生委屈嘛嘴，「而且上次那個前輩雖然找了八百個信徒，可是四年內真的有結正緣的也才十一個人而已，剩下三百個人雖然有遇到一面之緣的對象，不過交往最長的時間僅僅半年而已。」

「這機率也太低了吧?!」複述之後，阿斌再次抱怨。

理直氣壯到雙手插腰，羅先生說：「你自己不也說過神明不是神燈，要是求神拜佛就一定能實現願望，台灣人早就全都變成富翁了！」

可惜這次羅先生不僅有道理，還狠狠回了阿斌一槍，以「歪理亦是理」的立場，羅先生強硬地把話題告一個段落。

做為半個局外人，阿斌此時顯得比我還要疲憊，害我忍不住拍拍他安撫。畢竟抱怨歸抱怨，在羅先生過關之前我們能做的事情並不會改變，相較之下，我還比較在意什麼叫做「合格的月老」。

跟其他要求不同，這個涉及的答案太多，反而很難確定要做到什麼程度才叫做合格。這樣一想，說不定沒有數字作門檻才是更難的狀況。

「啊……肚子餓了。」鬧著鬧著也到了傍晚，我摸摸肚子無意識說。

「既然這樣，要不乾脆去我家吃飯？我爸煮的麵可是全台最好吃的喔！」阿斌一邊說一邊做了甩麵的動作。

不過我首先想到的是他剛才說願意幫我介紹表弟的發言。

不知道是否該慶幸這段時間不會有姻緣開花結果，我還是決定拒絕阿斌的邀請。

「算了吧，我只要遠遠地暗戀他就可以了。」

「蛤？」阿斌愣了一下，隨即大笑。

「拜託，就算我們是表兄弟也不代表他會出現在我家好嗎？你家是常常跟表兄弟見面喔？」

「我、我小時候常常跟堂妹見面啦，啊我家就沒有表親嘛！」自覺鬧出笑話，我尷尬地紅了臉。

「沒有表親？」阿斌有些意外。

「對啊！我媽是獨生女，而且父母好像過世得很早吧，所以我也沒有見過外公外婆。」

「這麼說來，你家裡知道你是同性戀嗎？」

嘴上說著新的話題，阿斌早已從石椅上起身，意圖明顯地要帶我離開公園。

回想起來，去朋友家作客的經驗在上了大學之後就不怎麼有過，不得不說我現在有點心動，甚至期待要是嘉傑就這麼剛好也去阿斌家吃飯呢？

刻意安排的場面令人尷尬，但換成巧遇便不同了，希望屆時阿斌可以如他所言乖乖做個好助攻。

因此我在心裡做好提前見家長的準備，比平常更有禮跟誠實地回答阿斌的問題：「雖然沒有實際討論過這個話題，不過我家人大概都知道了吧？起碼確定我姊知道。」

「欸?!我還以為你那麼自信……你這樣沒問題嗎？」阿斌介意地看著我，連帶不敢跟太近的羅先生都傳來擔憂的情緒。

「啊，是我說的方式不對。我們家從以前就比較開放，屬於只要不做壞事，孩子想幹嘛就幹嘛的類型。所以我爸媽也說過比起性向，他們更希望我們可以找到願意相守一生的對象。」

從這方面來說我很感謝我的父母，正因為如此，我才更不願意主動提起自己的性向。

畢竟，與其要我承認自己不管男女朋友都交不到，我寧願保持神祕，被人以為只是不好意思出櫃比較好，嗚嗚嗚。

「這樣很好耶。」莫名其妙地，阿斌突然稱讚起來。

「我家也是，很多搞不清楚狀況又愛雞婆的鄰居老是跑去跟我爸媽打小報告，說我整天在宮廟混，是不務正業的八加九。雖然我確實過得不太正經啦！」大笑幾聲後，阿斌靦腆地搓搓鼻子繼續說：「想著反正他們要這樣偏見看我，我就乾脆滿足他們，所以高中畢業我就跑去刺青了。原本還以為會被我爸揍一頓，結果他什麼話也沒說，是後來才從我媽口中知道，我能一直待在宮廟，其實也算託我爸的福。」

「嘿？我還以為要混宮廟很容易？」

「一般來說是這樣啦，畢竟那些大哥自己年輕過，現在還血氣方剛的人也不少。啊不過我小時候身體很差，玩什麼都玩不起來，你有聽過那種去廟裡結果神明要老人家聽醫生的話的故事吧？」阿斌說著又笑出來：「現在跟以前真的不同了，神明大人們全都與時俱進，想喝符水還不一定喝得到。」

「原來如此啊。」

縱使之前有稍微聽他提過，但看著阿斌活像是可以把我單手抬起來甩的健壯臂膀，實在有些難以想像。

「而且啊，我不是說表弟的功課是我教的嗎？」阿斌害羞地搓搓鼻子。

「跟那些只有宮廟願意照顧的屁孩不同，我小時候還算成績不錯，所以大家都會覺得我來這裡幹嘛？既沒神通又格格不入，但我這個人脾氣很硬，聽他們這麼說就乾脆放棄課本，選擇鍛鍊自己。不然以我國中的實力，現在早就是台清交的榮譽畢業生了。」

「哇……那你爸當年沒把你打斷腿還真是法外開恩了。」多少混著偏見，但一般父母聽到小孩說不想上學，要以成為八家將為目標大概都會動怒吧。

「嘿啊！他不僅沒打我，還跑去拜託宮廟的人請他們好好照顧我。聽說我媽那時候氣得要死，覺得小孩可以念書幹嘛不好好念，結果我爸回說小孩子能活著就不錯了，反正再怎樣也有家裡的麵店可以討口飯吃。」

眼裡充滿著驕傲，阿斌說完又嘿嘿笑著抓了抓他那頭短髮。

跟剛見面相比長長了一些，反而襯得本來就不差的外貌更加有魅力起來。

短短的路上，阿斌簡單介紹了他的家族成員，除了父母以外還有一個早就嫁人的姊姊，以及一隻叫做黑仔的大笨狗。聽說原本養黑仔是想要當成看門狗，但這隻貪吃的台灣土狗特別親人，所以現在已經淪為僅供觀賞的吉祥物，每天只負責對客人翻肚皮，看能不能討到幾次摸摸跟零嘴。

正當阿斌憤恨罵著黑仔每個月吃掉他大半薪水，就像聽到主人呼喚一般，又黑又大的影子突然衝了過來，那力道之猛，連阿斌都倒退了好幾步才勉強穩住身體。

隨即，如同所有常見的寵物頻道畫面，阿斌不斷大喊：「等咧！你這笨狗！幹！別把舌頭伸過來！」可惜那些抗議的聲音最後都被溼答答的舔舐聲蓋過。

「好了，你現在見過我家最沒用的糞便製造機了。」幾分鐘後，阿斌放棄而凌亂地頹坐在地上說。

「哈哈哈！別這麼說，不是挺可愛的嘛！」

尾巴甩的都快出現殘影，黑仔汪了幾聲。

終於跟阿斌打完招呼的牠，此時像個專業的領隊，比起一般狗來說確實有些粗勇的身體橫擋在前，結實四肢站得直挺挺地，沒走兩步便回頭確認我們是否有跟上。

「靠……我有不好的預感。黑仔上次那樣盯著我回家，是老爸發現我謊稱生病翹班的時候。」

「欸？你最近有做什麼不該做的事情嗎？」我趕緊抓住想往後退逃的阿斌。

「應該沒有？我不記得了。」

距離麵店門口只剩大約十公尺，陳舊的招牌清晰可見「**陳師傅手工麵**」六個大字。

此時黑仔的叫聲聽來更有催促意味，阿斌急忙「噓、噓！」地要牠閉嘴，可想而知這不過是無用功，別說停止叫喚，根本直接把大魔王請了出來。

「噓什麼噓！大老遠就聽見你那嗓門誰還不知道誰回來了嗎！」燙著標準的花媽頭，穿著紫紅色圍裙的阿姨拿著長竹筷罵。

「媽！妳小聲點，我朋友還在啦！」明明是在大喊卻沒什麼氣勢，阿斌像隻小熊貓一樣張開四肢無奈威嚇。

「朋友在又怎麼了，就你有朋友了不起啊！你爸怎麼說的我不管，我說過很多次要你少把那些亂七八糟的朋……」

似乎是現在才發現站在阿斌身邊的我不是單純的路人，阿姨傻愣在原地。恐怕她心中正在慌張地想著：「這個看起來乖乖的孩子到底是哪認識的？哪來的小朋友？」吧。

趕緊把握住話語權，我乖巧點了點腦袋後自我介紹。

「陳媽媽好，我之前遇到怪人，是斌哥幫了我……」雖然不完全是謊話，可是說完之後我自己也覺得聽起來好像哪裡怪怪的。

「哎呀！是這樣啊？也是呢，你看起來就可可愛愛又乖乖的模樣。別怕別怕，來，陳媽媽煮麵給你吃。」然而陳媽媽卻丁點沒懷疑地接受了，害我心情反而有點複雜。

「啊？今天怎麼是妳煮，爸呢？」

「你爸跟你大舅有事出去了，嘉傑正好坐在裡面吃麵呢。」

一宣布完核彈級的消息，陳媽媽便轉身走回大鍋前。

她說了什麼我毫無印象，一直到那碗明顯豐盛過頭的湯麵被送上桌，我才終於從接受了自己真的跟嘉傑巧遇的事實。

天啊，明明是看習慣的便服，為什麼週末的嘉傑會顯得如此好看呢？就連站在他身邊的阿斌也因為血緣關係的加成而變得閃閃發光起來；當阿斌親暱地揉亂他的頭髮時，嘉傑那帶點無奈的害羞笑容真是太可愛了，以致於當時的我完全沒有注意到，跟在自己身後的羅先生，早已變了臉色。

♥ ♡ ♥

「哇！世界也太小了吧？斌哥的朋友居然跟我同校還同屆！」嘴角帶著酒窩，嘉傑淺棕色的頭髮讓他看起來像是黃金獵犬一樣。

「對啊！真的很湊巧。」趕緊同意他的話，我說。

「既然這麼湊巧，啊你有見過他嗎？」坐在桌子側邊，阿斌一手撐在椅子後方，一手拇指指著我。

自從阿斌認可我是神明的代理人之後，就再沒對我做過這麼失禮的舉動，如今比起害怕反而顯得有些新奇起來；更意外的是，還以為只有我在注意對方，沒想到嘉傑居然直接一口肯定。

「有啊！雖然本名不記得了，不過呃嗯……」他伸手對著我比劃一會兒，「還滿有名的，因為會計系的男生不算多，所以大家一開始還有在猜是哪種。」

「哪種？」

「就是是不是GAY。」好像這時候才覺得有點失禮，嘉傑尷尬笑笑。

「不過我也只是聽說啦！聽說好像有人去告白過了，所以大家都說應該不是。」

這種話題是可以直接對著本人講的嗎？

由於太過衝擊，大腦一時之間有些反應不過來的我想也沒想便直接回了：「哈哈哈，又不是只要告白就一定要接受。」

現場瞬間安靜。

喔不，只安靜了那麼兩秒，無辜的黃金獵犬又開口了。

「所以你真的……」但回應他的是阿斌拳頭用力砸在桌上的聲音。「關你屁事啊！管那麼多你是要跟人家交往嗎！」

「阿斌你亂說什麼啦！」被嚇傻的我連稱謂都忘了，慌慌張張地想結束話題。

然而這還不是這場鬧劇的最高潮。

正在隔壁桌送餐的陳媽媽也不知道是從哪裡開始偷聽，她大著嗓門直接加入戰場，對著阿斌就罵。

「夭壽喔！你以前該念書不念書就算了，現在還要叫你阿弟出櫃去跟人家當什麼同性戀?!你信不信我在你阿爸回來前就先把你腿打斷！」

「不是啦！吼！媽妳不要亂插嘴啦！」

「哪裡不是?我剛才都聽到了！哪有人像你這樣因為朋友遇到事情很可憐就隨便幫人找對象！你要這樣湊對幹嘛不你自己上去湊！」

「媽！妳現在是要我、是要妳兒子去當同性戀嗎?!」峰迴路轉的劇情連阿斌都傻了眼，他起身難以置信地瞪著自己母親說：「妳不是之前還在那邊說同性戀不好，要我快點娶個老婆生個孫子給妳嗎?!」

「吼唷！你什麼時候這麼聽我的話了？你媽我早就放棄了啦！管你是要愛男生還是愛女生，只要那個人管得住你我就謝天謝地了！」不忘用力拜個兩下，陳媽媽說完又如一陣風地離開了。

雖然沒有親身經驗，但我想被颱風颳過大概就是這種感覺吧，僅餘滿身瘡痍的感覺。

剩下的時間我跟嘉傑沒有人說一句話，只有阿斌不斷地碎念抱怨，一邊要我別放在心上，一邊要嘉傑不要亂聽亂說；想想幾個小時前阿斌還在跟我坦白自己對同性戀的偏見，這樣的轉變實在是太好笑了。

到底是因為他把我當朋友，才這樣為我說話，還是因為我是神明代理人的關係呢？

等我把麵吃完，阿斌便起身說要送我回去。

繼續待著不過徒留尷尬，我乖乖點頭同時掏出錢包。

「不用啦！」阿斌直接把我的手按下去，然後不等拒絕就拉著我往外走。

「你又要去哪！」一手拿著大湯杓，陳媽媽就差沒噴火似地吼道。

「去私奔啦！」可阿斌顯然是被罵大的，頭也不回地直接嗆回去。

害我為難地只能連連點頭致歉，不忘大喊一聲：「麵很好吃！謝謝陳媽媽！」

一走過街頭，阿斌鬆開了緊抓著的手。

他像是很猶豫該怎麼道歉一樣，明明剛才在店裡已經碎念抱怨了一堆，但不好在嘉傑面前直接說穿的他、一度好心想幫我牽線的他，果然備感難堪吧。

「拍謝啦！那傢伙以前不是這樣，怎麼知道會突然說這種不經大腦的話。」

「沒事啦。其實就算直接公開也沒關係，我不是說過了嘛。我只是沒特別說而已，並不是想要故意隱瞞。」嘴角扯出笑容，我拍了拍他的後背。

「啊不過……」那寬大的後背現在駝得像是做錯事的小孩一樣，帶著委屈跟自責。

「真的沒事啦，他一說我才想起來，一年級的時候確實發生過這種事情。因為我毫不留情就拒絕那個長得像大猩猩一樣的傢伙，所以他們誤以為我是喜歡女生又不敢追，好像還被取了『會計系的悶騷色狼』這種綽號。」

「哇操也太沒禮貌了吧！」阿斌比剛才更生氣了，老實說他皺緊眉頭的模樣還真有點嚇人。

「綽號都是那樣嘛，沒幾個好聽的。而且我不否認自己真的是個悶騷色狼，不過哪個男生不是呢？」

看我挑眉壞笑的表情，阿斌總算笑了出來。

這時我才想起好久沒關心羅先生了，以他的個性剛才一定很擔心我吧。

我抬頭左右查看，飄在我後方兩公尺左右的距離，羅先生低著腦袋沒精神到宛如幽魂。這跟我想像的不太一樣，說不定是因為我剛才都沒空理他，所以他又開始鬧起脾氣？

揉揉鼻子不覺有些緊張的我，雙手背在身後小步小步前進。不料，近距離一看又更慘了，羅先生本來就沒有血色的臉失去精神後白得像紙一樣，令我直接打起寒顫。

「嘿！你還好嗎？」停車的小路沒什麼人，於是我直接問。

「月老大人怎麼了嗎？」
「不知道，他臉色有點差。」我聳聳肩。
「該不會是發生什麼了吧？從什麼時候開始的？還是剛才店裡的人怎麼了？」阿斌馬上慌張起來。
「冷靜！你冷靜，他是月老又不是關公，再怎樣也只是有人註定百年孤寂而已。」
「啊！說得也是！」
隨口胡謅阿斌卻一口接受，我在察覺到他跟他母親的相似點的同時，不由得擔心起這對感覺很容易上當的母子。
再次對上羅先生的視線，那雙原來以為空洞的眼裡，飽含著不知所措的情緒，他說：
「祈祈你、你幫我問問……阿斌的外公是、是叫章時雨嗎？」
這個問題太奇怪了，唯一可以聯想到的是，嘉傑長得很像羅先生生前認識的人，而那個人也剛好姓章；考慮到羅先生說自己以前住的地方也是同個縣市，說不定還真有可能，因此我沒多想即轉述，並得到了肯定的回應。
「嘿啊，小時候外公老說他的名字就是清明時節雨紛紛的意思，所以我記得很清楚。」
「不是我說，這個聽起來有點地獄梗耶？」我忍不住皺緊眉頭嫌棄。
「不是啦！雖然乍聽之下很那個沒錯，但其實是個講義氣的故事！」阿斌說著舉起肌肉結實的臂膀，「我外公他啊，有個很早就過世的好朋友，就是俗稱英年早逝的那種啦。說是不知道被誰害死，到現在都還沒找到兇手，所以我外公特別重視清明節，連帶我們每年都要處理那些麻煩的掃墓習俗呢。」

「原來如此，這樣聽起來是很感人的故事沒錯，但這跟諧音梗沒有關係吧？」

「有啦！因為每次掃墓我外公都會忍不住掉淚，可是以前不是都會說男兒有淚不輕彈嗎？所以我外公就會趁機教育我們，說因為重視的人離開而難過是很正常的事情，既然古人也這麼說了，我們就該放鬆讓他真情流露這樣。」阿斌說完拍拍胸口。

「聽起來是個很不錯的阿公呢。」

事到如今，我已經知道阿斌是個很愛家，很以自身家人為傲的好孩子。不過我滿腦子思考的都是同名同姓的可能性有多少。

從羅先生繃緊的臉色研判，名字應該是對的，否則他早就一臉遺憾地嘆氣搖頭。可即使如此，是同個人到底是不是好事呢？

阿斌還在說著自己外公的故事，包括嘉傑確實長得跟他外公很像，所以從小大家就說他一定會跟外公一樣靠自己努力獲得成就等等；聽著那些瑣碎的故事，羅先生的表情越來越無法忍耐，他抓住胸口的衣服，像是捏著心臟一般看著阿斌說。

「祈祈你幫我問他、問他……他外公有沒有說過羅錦鐘這個人。」隨即，他又改口道：「算了，不，你、你別問了。」

一個準備成為神明的人，應不應該跟認識的人接觸呢？

我不知道，但會放在心上放了五十年的人，本來就重要到會讓人想放棄一切吧？

然而轉念一想，羅先生的五十年體感上好像才五十天，都不知道是該說五十天太短忘不掉很正常，還是該勸天庭檢討一下這部分的設計了。

總之我抓抓腦袋想著該怎麼帶過話題。說起來羅先生說過自己是意外死亡，那我就把話題拉到最一開始阿斌介紹的小故事，然後再稱讚一番就可以結束了吧！

「對了阿斌，你剛才說你外公很重視的那個朋友啊，他有跟你說過是叫什麼名字嗎？」記得也好，不記得也罷，反正都跟意外死的羅先生毫無關係。

可死旗這種東西是立不得的。

越是這麼想，越會扯上關連。

「有啊，那個名字我還有點印象，好像是跟金鐘聽起來很像但又不是……金、金金金、金集錦進……啊！對了！是錦鐘、羅錦鐘！對了，小祈你好像說過月老大人生前也姓羅吧？」還沒搞懂發生了什麼事情的阿斌一臉天真。

我則轉頭對著面如死灰的羅先生吼：「你不說你是意外過世的嗎?!」

「我、我是這麼聽說的啊！」但顯然他自己也十分意外。

「你聽誰說的？」

「來迎接我的神明大人們！說因為我意外過世，所以才給了我選擇的機會，選擇要投胎轉世還是要修行。」

羅先生的說詞聽來沒有問題，那麼剩下的就是一臉茫然、吵著要我解釋的阿斌了。

「喂，你突然怎麼回事，現在什麼情況啊？」

「沒有怎麼回事，你外公的那個好朋友就是我身邊的羅先生，然後他一直以為自己是意外過世的。」扶著額頭，過多的資訊讓我腦袋有點痛。

「什麼?!那他不就不記得自己是被誰殺死的嗎？」

「等等，你們確定他是**被**殺死的嗎？」我強調了「被」這個詞。

剛才還在嗆呼嗆呼吵個沒完的阿斌瞬間頓住。

像是喉嚨裡梗了一口氣上不來也下不去，隨即他暴躁地一邊亂叫一邊用力揉亂自己的頭髮，讓看起來彷彿惡犬的他瞬間變成瘋狗。

「不管了！我外公現在還活著，你要見他嗎？」

「你可以見他嗎？」

最終兩個問題都沒能回答，我帶著精神不在線上的羅先生回到宿舍。

沒有多久阿斌的訊息便傳過來了，開頭先是道歉，道歉於自己不知道該不該這樣在背後指點神明生前的事情；根據阿斌所述，他的外公章時雨非常肯定羅錦鐘是被他人害死，可是同時，他的父母也對此提出反駁。

而這反駁的原因便是他剛才不好直接開口的原因。

被發現陳屍在河邊的羅錦鐘，在當時其實有謠言流傳他跟章時雨的關係早已超越一般兄弟，甚至因為事發後不到一年時間，章時雨便跟現在的太太結婚，導致被質疑是否是為了掩蓋真相而刻意急忙娶妻，一直到孩子出世，這個傳言才終於被世人淡忘。也因此，章時雨的太太——即阿斌的外婆——每次聽到先生提及這個故事，都會在事後反駁不過是羅錦鐘忍受不了世人眼光，或者因為求而不得太過傷心，才故意投河自盡而已。

這樣的話題的確不好在當事人面前開口。

不過死因一下變出三種可能性，反而令人在意起來。

「阿斌說他的外婆前兩年已經過世了，不過畢竟是外公，所以他知道的也不算多，但有必要他可以再去問問，或是帶我們直接過去一趟。」先把不重要的資訊交代清楚，我觀察著羅先生的臉色。

他沒有回話，只是點了點頭。

於是我再次開口：「天庭有規定不能跟生前認識的人扯上關係嗎？」

「沒有，但是……」好了，我知道了。這個但是後面通常都是否定，是雖然沒有明確規定然而潛規則如此的意思。

小心翼翼端詳我的臉色，許久後羅先生輕輕嘆了一口氣。

「祈祈，你還記得你問過我為什麼想成為月老嗎？老實說我是為了時雨才想成為月老的，為了幫他牽一份最好的姻緣。」

「等等，所以你現在要說你一整晚的結屎臉，其實只是因為有人代替你幫忙牽了緣分，所以很不爽嗎？」

「不是這樣的！」羅先生滿臉苦楚。

「那不然呢？你既然希望他得到好的緣分，看到他的後代子孫應該是開心的事情吧？」脾氣再度被引爆，我翻著白眼回。

「是應該開心沒錯，但看到自己交往過的對象真的跟別人結婚生下小孩，哪是能這麼輕易接受的一件事情。」用手遮擋住大半面容，羅先生語氣中帶著顫抖。

說得也是，而且還不光是生下小孩，根本是連孫子都可以生小孩的程度。

要是換作我，閉關兩個月後發現事情變成這樣，大概會直接腦袋壞掉吧，其錯愕程度遠超過聽見《獵人》終於完結。

可是又能怎麼辦，實際上就是過了足以繁衍兩代的時間，如果自己的愛人到現在還孤寡度日，才更是需要擔心難過的狀況吧？

心情介於想要安慰跟吐槽之間，我不斷伸出手又收回來，直到這時候才終於察覺沒辦法碰觸到別人是如此不方便的事情；若是可以碰觸的話，就能拍個兩下讓氣氛帶走話題了。

「祈祈一點都不意外呢。」維持著剛才的姿勢，羅先生悶悶地說：「是因為我看起來很像同性戀嗎？」

「啊不，雖然有同性戀之間會有可以感知到彼此的說法，但我認為沒有什麼叫做『看起來像同性戀』。」一個不小心就反駁了，我趕緊抓抓腦袋補充：「那個啊……阿斌他不是很努力在理解同性戀情嗎？可是就算知道他很努力想去同理，還是能感受到他的質疑。但是你沒有，你從一開始就沒有對我的性向提出問題。所以我才覺得，你是不是不希望否定同性戀，或者，是不是也認為，同性戀也可以有好的歸宿。」

羅先生沒有回話，只是慢慢抬起腦袋。

哭不出來的他，眉頭跟鼻子都皺得死緊，原本飽含文學氣質的臉如今醜得好笑。

「但我覺得你很不錯，有些人為了偽裝自己，會故意攻擊跟自己一樣的人，說些同性戀就該怎樣怎樣的話。所以我認為你大概不是想要隱瞞身分，只是跟我一樣不想主動討論而已。」

「你的想法真的很奇怪，現代人太奇怪了。」一臉埋怨，羅先生邊說邊嘆氣。

「會相信有所謂『正常的人』才奇怪啦，要這樣說的話，原始人的正常可是直接吃生肉呢！」

「所以世界各地才會祭拜火神，認為火是神明的饋贈。」羅先生不滿反駁。

「哦？那怎麼不說喜歡上同性的性向也是神明的饋贈，讓人類可以更多元、更不帶前提地去愛所有人？」我挑了挑眉。

「唉，你真是太會鬼扯了。你明知道……」

「我明知道自己沒有錯，為什麼還要一直為自己的不一樣找藉口？」直接打斷了羅先生的話，我看著他說：「所有的事情都是一體兩面，水能載舟，亦能覆舟，所以我覺得我很好，對其他人來說可能有點不同，但對我來說就是正常、自然、普通、沒有問題。還是我該說一句『歡迎你來到思想自由的現代』？」

被我氣得笑了出來，羅先生想必也覺得，要跟不同年代的人辨駁思想觀念是一件很愚蠢的事情吧。在他那個年代來說也許逼不得已，然而現在時代已經不同，毫無繼續佇足的必要。

至於羅先生會不會因此羨慕或忌妒，看他一直以來的態度似乎不太有這種可能性，令我想起羅先生曾經說過，因為人死掉之後情感便會逐漸變得淡薄，所以神明考試才會更加難通過；畢竟連執著跟耐性都會因為時間而溶解，原本想要成神的願望更會在驀然回首時變得毫無吸引力。

據說，羅先生有個放棄考試的同僚曾這樣表示過：「雖然想到下輩子有可能變成豬，被養大、宰來吃什麼的很可怕，可是辛苦考上神明之後也不過是變成永久執業的公務員，光是想到要繼續跟人類打交道，就覺得什麼都忘光了說不定會幸福一些。」

事實上也不無道理。

「比起這個，你之後打算怎麼做？雖然你的實習到現在都還沒『實』出個東西，但要是現在放棄……不，阿斌說他外婆已經過世了，所以你現在通過實習還是有機會！力拚幫時雨先生找個出色的晚年伴侶如何？」胡亂建議完，我扳著手指數，正好七十出頭，人生才剛開始呢！

「胡說什麼啊？就算現代人很開放也不是這樣的吧？」

「這就是你不懂了，先不說以老人家為客群的茶店多的是，要是有空我帶你去養老院一趟，那些老人家眉來眼去，玩得可丁點兒不輸給年輕人。」想到曾經被學長抓去當義工的日子，真的是讓人又好氣又好笑。

可惜羅先生對此話題毫無共鳴，只是用看白痴的眼神嫌棄地鄙了我一眼。

「我知道祈祈你是想安慰我，不過話也有分可以說跟不能說的。放心吧，我不會因為這種事情就放棄實習。」良久，他才放緩表情說。

「好吧，那還有另外一個問題。你真的不記得自己過世前的事情嗎？」

羅先生搖搖頭。

我以前曾經聽說，人們會以死去當下的模樣變成靈魂，所以吊死鬼就會吐出長長的舌頭，燒炭自殺則會變成粉紅色之類的，可是羅先生看起來並無外傷，除了有點半透明跟氣色不佳以外，就跟尋常人沒什麼兩樣。

考慮到樣本不足，我索性直接詢問比起我見過更多阿飄的羅先生。

「祈祈，你說的那個我聽說過，可是你想想，神明畢竟是有威嚴而莊嚴的存在，當然不可能直接讓吊死鬼戴上帽子就承接任務，所以前往學習的人自然會讓他們恢復生前的樣貌，甚至做基本的梳妝打扮，因此我看到的其他同伴就算說不上一表人才，但也都還是相貌堂堂。」

「啊……說得也是，要是我旁邊坐了浮屍，我也聽不下去課程的內容吧。不過就算沒看到其他人，那自己呢？你梳妝的時候沒看到嗎？」我好奇追問。

羅先生又陷入了沉默，他一臉為難地看著我，好一會兒才語重心長地開口道：「祈祈啊，你要知道天庭這種地方，是沒有拿來正衣冠用的鏡子的。」

啊，我知道了，那是個只有照妖鏡的地方呢。

09 塵封五十年的愛情故事

「不過就算知道死因，也沒辦法斷言實際死亡的狀況呢，雖然我覺得你應該不是自殺的就是了。」右手摩搓下巴，我說。

「這件事情有這麼重要嗎？」

「是沒有啦，但是聽到自己認識的人可能被別人殺害，很難不去在意吧？」

我看向一臉興致缺缺的羅先生。

也許對當事人來說，反正死都死了，就算想要追究，追溯期早不知道過了幾百年，而且多半也找不到證據證明；可是對我來說，對被留下來的人來說，恐怕在知道真相之前會一輩子如鯁在喉吧。

「你不想知道真相嗎？……你不想讓時雨知道真相嗎？」說完才覺得有些彆扭，我抓抓鼻子。

並肯定自己沒有錯過羅先生表情變化的那瞬。

「我不想用這種方式留在他心裡，可我必須承認，我很慶幸他因此沒有忘記過我。」又是一副快哭出來的表情，羅先生用力捏著自己的大拇指。

我不知道他有沒有痛覺，但看在我眼裡總是有種酸酸的痛。

羅先生說喜歡的心情、說希望對方幸福的心情，肯定是真的。

但真的喜歡一個人，又怎麼可能沒有半點獨占欲望呢？

慶幸的同時也自責，然後不知道該怎麼做才好；露出這樣表情的羅先生，看起來就跟我差不多年紀，甚至比我還要更加青澀、單純。

「那就先試著找看看嘛，反正也不一定能找到真相。」我一派輕鬆地笑笑。

「再說，就算找到了，那個老人家也不一定聽得進去呢。」

「說得也是，他個性從以前就很頑固。」說著自己也笑出聲，羅先生逐漸鬆開眉頭。

「喔？怎麼說？」

「嗯……就是……該怎麼說呢，應該說是……他只要下定決心就絕對不會改變吧？」

臉上掛著柔和的笑容，那晚，羅先生說了很多關於他跟時雨先生的事。

包括相識、包括相戀，在那個年代來說，顯得有些不可思議的故事。

羅先生說他們其實住得很近，但也不知道為什麼從來沒有一起玩過，明明印象中看過對方很多、很多次，卻一直到國中同班才第一次打了招呼。

那個時候的台灣並不算富裕，雖然比起更早之前，大眾對於讀書的接受度提升不少，但多數人的學歷也就如此，如果想要再往上念，除了孩子本身要很有本事外，家境亦必須有一定的程度才行。或者，有些家庭會考慮把男孩子送入軍校，不僅可以混口飯吃，而家族本身也能省去一些開銷。

羅先生的家在當時算是十分富裕，因此在學習上從無匱乏之處，可惜時雨就不同了，只有名字文雅的他，早已做好了國中畢業就要賺錢養家的打算。

「那個年代的人本來就生得多，一方面是需要男丁做事，一方面是怕孩子養不大就夭折，所以時雨下面還有兩個妹妹跟兩個弟弟，不過他母親在生第二個弟弟時就過世了，所以，時雨很早便必須代替母親照顧弟妹。」回憶如同昨日一般清晰，坐在床邊的羅先生一一細數。

「其實這種事情一般會丟給長姊去做，但他的妹妹實在太小了，我認識的時候，最大的也才小學一、二年級吧。說是他母親以為生了個兒子就足夠交代，結果休息沒兩年又被催著多生幾個，就連『時雨』這名字也是，對於被催了好幾年才總算懷孕的他母親來說，完全是及時雨的意思。」

「怎麼他的名字明明聽起來還不錯，說開了卻都是一些讓人不太愉快的意思呢？」我忍不住皺眉。

羅先生只是笑了笑便繼續說。

話題再次回到時雨本人，跟熱衷學習的羅先生不同，當時的時雨每次一到學校就睡，別說是考好成績，就連作業也沒看他交過幾次；興許是知道時雨家的狀況，就如同所有老師會使用的常見手段一樣，於是這個不算太有問題的問題學生，就被丟給班上成績最好的羅先生管教。

「我當初為了勸他念書，真的是說破了嘴。」搓搓鼻子，羅先生言談中帶著幾分驕傲問：「你猜我後來怎麼說服他的？」

「怎麼說服的？」

「我跟他說了兩件事：第一件是，念好書才能找到薪水更多的好工作，第二件是，念好了書才能教自己的弟弟妹妹。」羅先生邊說邊豎起手指。

「他還真是個好哥哥。」

「可不是嘛。」臉上炫耀的表情一覽無遺。

但我對這些冗長鋪成的前情提要沒有興趣，忍不住指著已經快要垂下腦袋的時針，要求羅先生直接跳到故事重點。

於是順利考上高中的時雨先生就這樣跟羅先生交往了——才怪。

時雨的成績差一點點就可以考上當地高中，嘴上說著「反正家裡也沒有那麼多錢」，他爽快地去找了其他可以做的工作；不過為了不要讓弟妹跟自己一樣只差臨門一腳，也為了未來能夠爭取更多機會，他假日時總會找藉口把羅先生拉出門，或者央求羅先生暑假期間擔任免費家教。

「反正你未來不是想當老師嘛！就當作先試教？我弟妹跟我一起借你練習！」羅先生繪聲繪影地模仿自己記憶中的時雨，把那用狂妄來掩飾自卑的口氣學得活靈活現，而後才小小吐了舌頭說：「但其實他每次來找我，我都很開心，他總是以為是我傻傻被他騙著利用，卻從來不知道……打從一開始我就是帶著私心做那些事情。」

「就算交往之後你也沒跟他說嗎？」

「沒有，我們交往得也很突然。」羅先生搖了搖頭又說：「那天他問我有沒有跟女生接過吻，說像我這樣只會讀書的很難交到女朋友。我心裡想著我又不想要女朋友，但嘴上故意跟他賭氣，反問他說難道他就很會接吻嗎？」

「然後你們就吻上了？」我有些詫異。

雙眼緊盯著地板，羅先生靦腆地點了點頭。

「我們後來吻了很多次，每次見面就會接吻。你也知道在那個年代，男人之間連牽手逛街都不可能，所以我們所有的一切，都是偷偷躲在他家裡發生。」

聽起來浪漫的故事，拿掉濾鏡之後只剩下毛骨悚然。

對現在的我來說，像這樣不安全的戀情絕對是拒絕往來戶，沒有名分、不敢聲張、小心翼翼到像是在做壞事一樣；不，在當年確實是壞事吧，是不被大眾接受、當事人自己也不敢承認的禁忌之舉。

可是對羅先生來說，恐怕光是能遇到自己喜歡的人、能被自己喜歡的人所喜歡，就已經用盡了一切好運，自然別無所求。而如今，對當年的事情再多做指責也沒有意義，只是既然知道了，我更加不希望自己認識的人是以這樣不明不白的方式含冤而終。

「話說回來，你還記得自己為什麼會去河邊嗎？」

「這個……老實說我也記得不是很清楚。」羅先生歪了腦袋。「好像是我跟時雨有什麼話要說，但那時我們交往的風聲已經傳出，不方便再去他家，所以才約在河邊橋下。」

「然後就因為他還沒來，所以你也不敢走，於是就被磅礡的大雨沖走？」緊接著他的話，我說。

「等等，你說的這個故事怎麼聽起來這麼熟悉……這是范謝將軍的故事吧！」可惜一下就被拆穿了。

「我只是想換換氣氛，畢竟我都陪你悲情了一個晚上。」

捏捏痠脹的眉間，熬夜對大學生而言並非難事，但不包括我。

回想起來，上次這樣熬夜還是高中時候的事情，從家裡搬出去之後，反而因為沒人管顧，不得不學會規律正常的作息；只能說不同的環境會給人不同的變化。

看著連連打呵欠的我，羅先生不忍苛責，反倒是露出了一個像是無奈的輕笑。

「我還以為你會中途睡著。既然累了何必勉強到這個時候呢？」

「拜託，世界上有多少人可以聽月老生前的八卦，這種能吹噓一輩子的話題我怎麼可能輕易放過。」半開玩笑地，我回。

隨後他又搖搖頭，就差沒直接叫我死心。「在那之後我是真的不記得了，不記得時雨他有沒有來，也不記得自己怎麼會掉到河中，不是故意騙你或瞞你。」

「好吧，那我就先睡了。你要是不會頭痛的話就再多回想一下？」

「頭痛？我為什麼會頭痛。」羅先生一臉納悶。

「故事裡不都這樣演的嗎？每次要想起重要事情的時候，角色都一定要頭痛一下。說不定你的死亡牽扯什麼重大而邪惡的陰謀呢。」我故意攤手，換來他一個想用枕頭砸我的表情。

「你快睡吧，神明都說是意外了，說不定只是我腳滑了一下。」

說完早安之後，我便以飛快的速度陷入沉睡。而那天，我什麼也沒夢到。

或許是因為時間點不對所以周公沒有開業，也或許是因為這件事情真的沒什麼隱藏在背後不可說的故事，更或許，是因為我滿腦子想的都是下午三點有必修課，我必須準時起床過去點名。

現實總歸不是小說，我也無法搖身一變，成為有特殊能力的主角，沒有天上掉下來的線索，那就樸實一點，一步一腳印地去找吧。

所以我先跟之前有過一面之緣的記者聯絡，向她詢問有沒有什麼方法可以找到這麼久遠的事件資料。

「老實說，我沒想過自己居然會因為這種事情去圖書館，這年頭還有誰會上圖書館找資料啊？」想到只有我一個人辛苦便覺得心理不平衡，我在出發前先打了電話跟阿斌抱怨。

「我還是有聽沒有懂，你突然說要去圖書館是要找什麼資料啊？雖然我是可以陪你一起去啦。」據說最近很忙，要到晚上八點才能下班的阿斌一邊嚼著午餐一邊含糊回話。

「就是羅先生那個啊，我聽說以前的社會不像現在資訊爆炸，隨便一點小事就可以上地方新聞，所以像這種有人過世的消息應該也會被記錄下來吧？既然當事人不知道狀況，那當然是看報導比較中性、準確囉！」

「啊……所以你是要去找報紙喔？」

「對啊，你還記得我說那個準備錄音筆的記者吧？她說大一點的圖書館應該會保存當時的報紙，天知道我有多久沒翻過報紙了。」光想便覺得是個浩大的工程，而且還不確定羅先生記不記得那天的日期。

不料，「真．嘴裡含滷蛋」的阿斌卻直接一口拒絕我的提案，「免啦。」並且提供了更方便的建議。「你要找的報導我外公全都有留下來。」

我原本還想說，要是找不到報導，不知道可不可以請記者拜託她的警察前男友幫忙問一下中南部還有沒有人記得這件事情，但如果當時的報導並非以殺人案推斷，恐怕除了時雨先生以外，其他人只會當成令人遺憾的小意外快速遺忘吧。沒想到得來全不費工夫，還可以省下一筆人情債。

由於突然跟阿斌的外公說「你外孫的朋友要幫你找出當年意外的真相」實在太過莫名其妙，所以借出報導的任務決定直接交給阿斌處理，對神明有極度好感的阿斌亦不負重望地表示自己絕對會完美達成任務。

偏偏他越是信誓旦旦，我心裡越覺得微妙，總歸還是在掛斷電話之前忍不住提問：「阿斌你真的沒關係嗎？不管怎麼說，這都證實了你外公曾經跟同性交往過吧？」其實我更想說的是，你不是應該因為外婆的關係而嚴重排斥同性戀嗎？

「我是很想直接說沒關係啦……我外公他啊，這輩子從來沒承認過自己是同性戀，不過……不知道是不是因為最近跟你聊過，我現在覺得就算他跟月老大人交往過好像也沒什麼不好？雖說要是他們當年真在一起，現在就不會有我了。」阿斌嘿嘿地笑了聲，又說：「老實說我小時候真的很討厭同性戀，覺得很噁心啊、無法理解之類的，然後我外婆又常常會用各種藉口罵我外公，不過仔細想想，那也只是他們自己戀情搞不定而已吧？現任老是惦記著前任，不管誰都會生氣啦！再說，就連影響最深刻的我媽這幾年都開始在看BL劇了……你都不知道，我當初看到的時候有多傻眼！兩個男人就在螢幕上那樣親起來！」澈底用聲音傳達出他的錯愕，令我忍俊不禁。

「女孩子對於這種事情好像比較可以接受呢。」

「對啊，因為太錯愕我還跑去問我姊，結果她說我媽是什麼『資深大齡腐女』，連《藍宇》都有看過。我當下想說什麼蘭嶼我還綠島呢！結果查了才知道是一部老電影，真是，好歹說個《斷背山》我還比較知道。」阿斌大大嘆了一口氣。「總之，連我媽都不管她爸媽的事情了，我還一直放在心上不會顯得很蠢嗎？不過話說回來，我媽也隱藏得太好了吧？我還一直以為她是站在我外婆那邊的。」

「因為在以前啊，這種興趣——不，即使是在現代，這種興趣依然會被別人用有色眼鏡看待跟質疑啊。」

「那你呢？」

話題突然丟回我身上，讓我愣了一下。「你是問我喜不喜歡看BL？雖然也是有同志認為耽美跟同志作品不同世界啦，但我是兩邊都可以吃的類型。」然後坦率地抓抓腦袋回答。

「不是啦！我是說你最近還好嗎？」結果換回阿斌的咆哮。

「喔……還不錯啊，我明天還要跟詢線人見面，然後這兩天也跟之前的詢線人聯絡了一下，據說熊熊的告白成功了喔。」

「是嗎？那真的恭喜他耶！」

「他說讓我們找一天時間去他店裡，他請客。」

把其他不好的消息隱沒在阿斌的歡呼聲之後，我沒打算告訴他最近的好消息也就這麼僅此一個，其他人不是還沒遇到適合的緣分，就是不信邪地跟不適合的對象繼續糾纏。

這麼說起來，我原本以為會找月老的只有想求姻緣的人，沒想到對現在的姻緣感到不安或不滿而來詢問的人也不少，明天預約的三個人裡面好像就有兩個是有對象的詢線人呢。

「啊！」從情緒中回過神來，阿斌在我掛斷電話之前重新導正話題，「不是啦！我原本是要問你們這樣還有沒有辦法繼續實習，不過既然你說明天還要幫人看姻緣，那應該沒什麼問題吧？」

「是啊，雖然我也有點擔心，但我跟羅先生談過了，我們都沒有放棄實習的打算，所以就先做目前可以做的事情吧。」

「了解！萬一有什麼狀況，或是需要我幫忙的話，要隨時跟我說耶。就算是上班時間也沒關係，有事馬上打給我，我會第一時間趕過去。」

「謝謝，不過沒事啦，我都幫人看了好幾個月的姻緣，沒問題的。倒是你週末可別忘了帶剪報過來。」

彼此互損了幾句，總算在無傷大雅的歡笑氣氛下掛斷電話。

在我擔心自己說的話會不會變成立旗之前，反而是記者小姐先傳了訊息過來，她表示週末會再南下出差一趟，如果有什麼需要可以幫忙。

這麼貼心的話我當然是……不會相信。馬上回傳訊息，直接問她這次又有什麼陰謀。

「說陰謀也太難聽了吧？」氣得她直接打電話過來。「身為一名專業記者，會被獨家跟八卦吸引是理所當然的事情。」一番理直氣壯的發言堵得我無言以對。

「什麼獨家，我說了只是通識課需要找一份舊資料而已。」

「少來，你以為姊姊我是被騙大的啊？你們這些新一代的大學生哪個做作業不是估狗或維基百科，最好是會特地去找當地報紙啦。」

「是是是，就算是這樣，我找到報紙就夠了，哪還需要仰賴姊姊大人特地出手相助？」

「你以為光看報紙上的內容就能看出端倪？敢情你也是傳播相關科系的嗎？」記者小姐鼻哼

一聲，才大發慈悲地解釋道：「報導是人寫的，自然會有人為操作的部分，如果真像你說的，是想要查一件十幾年前的意外，恐怕你把報紙看穿了也只能看到撰寫者想塞給你的資訊而已。」

記者的提醒如雷貫耳，的確是我從來沒有思考過的狀況。

「太誇張了吧？」為了掩飾動搖，我笑著反駁。

「寧願想多一點也不要想少了，我做這行知道的鬼故事比你爺爺聽過的還多。」

「好吧好吧，如果有需要我一定會告訴妳。但這真的只是一件已經蓋棺論定的小事而已。」

話雖如此，直到掛斷電話，我的心臟都還是怦怦直跳。

如果羅先生真的是被人殺死，最嚴重的並非掩蓋這件事情的媒體報導，而是直接斷言他意外死亡的神明。說到底，神明說謊這種事情真的有可能發生嗎？

如果可能，又是為了什麼呢？

越想越覺得這種猜測實在是太可笑了，實習月老又不只羅先生一個，比起他是隱藏了重大身世的天選之人，還是「因為意外死亡，所以天庭給了轉職機會」的說詞比較可信吧。

「祈祈你還好嗎？你的臉色看起來很糟。」飄坐在咖啡廳的沙發上，羅先生擔憂地看著我。

我不知道昨天的電話他聽到了多少，但自從上次說開之後，他就擺明一副「我僅僅是答應讓你們解開我死亡的真相，並沒有打算一起尋找答案」的冷漠態度，讓我想要討論也不是、想要無視他的感受也不行，最後只能陷入糾結的噩夢之中。

說起來，做夢這件事情真的很討厭，不僅會讓人覺得睡覺的時候也在忙碌而感到疲憊，睡醒還會忘記夢境的內容；可要是沒有做夢、直接一覺到天明，又會有一種好像才剛閉上眼睛根本沒睡到的感覺。

偏偏我還是咖啡因無用體質，希望待會兒的詢線人不會被我的臉色嚇到。

♥ ♡ ♥

這次跟以往不同，即使我沒有特別規定，大部分的詢線人除了一些禮節跟費用上的問題之外，均有見面再提問的共識；然而這位暱稱「野牛草」的詢線人一上門就說自己有社恐，還連問了三次可不可以用視訊見面就好。

要不是我為了提升實習通過機率不惜亂槍打鳥，真想直接把這人的網路線轟斷。

「那、那個……請問是實習月老代理人老師嗎？」隨著小到差點聽不見的詢問聲，詢線人無聲無息地站到我的身後，嚇得我差點原地彈起。

「是、是野牛草嗎？」

「對……那個、詳細的經過我在網路上都已經說得差不多了……您可以直接幫我看嗎？」跟那唯唯諾諾又充滿猶豫的聲音一樣，她目光游移了好一會兒，才從口袋拿出一張摺疊好的紙，

「啊！還、還是說一定要現場寫才可以呢？」

「不，紙本身沒有差別。比起這個，妳先請坐下吧。」

等野牛草坐下後，我才攤開了她遞給我的紙，果不其然裡面寫著她的本名跟理想型。

我裝作思考的樣子，同時滑出手機的拍照功能，首先確認了姓名無誤，才往下察看姻緣線

狀況。

她是今天其中一位有對象的詢線人，會來找我諮詢，主要是想知道該不該跟現在交往的對象結婚。老實說如果不是因為我肩負了實習月老的代理人這個身分，這種問題我真想「一律建議分手」。

鄉親啊！雖說結婚本來就需要衝動，但如果自己都無法下定決心，那麼再怎麼求神問卜到最後，也只會變成充滿怨言的地獄直達車。畢竟會猶豫，就表示內心其實不認為這是一個好的決定不是嗎？

可是意外的，野牛草現在交往的這位對象居然還真的是她的正緣。

這也太莫名其妙了吧？

根據我的經驗，會問這種問題的人，其實人部分心裡早已有了答案，他們只是不想面對事實，才會透過詢求別人的建議，佯裝自己這麼做是情非得已、是有他人掛保證的必要之選。

縱使可以理解，身為實習月老代理人的我，既沒收錢，也不想惹上這種敏感到怎麼看都覺得有問題的客人，所以我決定採取引導她自己講出真心話的方法。

「我可以先問一下，妳跟妳的男友已經論及婚嫁了嗎？」

「啊不……只是稍微有提到而已。他說他快三十了，所以希望可以開始規劃這方面……」右手抓著左邊臂膀，野牛草畏畏縮縮的模樣似乎真的很介意跟其他人接觸。

明明是她自己說一定要見面的話情願約在咖啡廳，現在卻搞得像是我在故意欺負人似的，連我都開始變得敏感焦躁起來。「如果妳不太舒服的話，要不要先換個地方？」

「不、不用！……只有兩個人的話感覺會更、更尷尬……」

「好吧，但要是真的受不了可以直接說，不用勉強。」捏了捏眉心，我再次窺視手機確認野牛草的對象是真有其人。

「謝、謝謝。……那個……請問大師有看出什麼了嗎？」

把不好聽的話吞入腹內。我覺得看了這麼多人之後，我的想法跟個性還是有不錯的成長，要是換了以前，恐怕早就說了難聽的話出去。一般情況下，我能很理智地認為，兩個人交往是兩個人共同努力的結果，並沒有哪一個性別就比較優渥的說法，然而羅先生的故事或多或少影響了我。

一想到同性戀情直到現在都還困難重重，就不由得覺得這位幸運擁有正緣的女性到底還在挑剔什麼呢？

說著會恐懼他人的野牛草，肯定不是自己主動向對方告白的吧？說不定只是因為是女性、只是因為長得可愛就被青睞；別人期望了一輩子的東西，到底憑什麼如此秤斤論兩地嫌棄？

「所以如果我說不適合的話，妳就打算跟對方提出分手嗎？」結果我還是跟之前沒有兩樣，又忍不住故意挑釁地提問。

「啊……」野牛草雙眼錯愕一瞬，隨即為難地低下頭。「不……我並不是想要分手……」

「雖然不想分手，但也不想結婚。那不就只是想要拿著別人給予的愛意，而不打算負責任的意思嗎？」

「不是！我……」聽到我的指責之後她更慌張了，連眼眶都紅了起來。然而憋了好一會兒後，她卻鼓起臉反問我：「就、就算是這樣……有什麼過錯嗎？說、說到底，如果不是為了生小孩，男人也不會向女人求婚吧！憑什麼女人就要承擔那些風險，成為另外一個家庭的人！」

「生孩子的風險確實無法分擔，但成為另外一個家庭的人這點雙方都一樣吧？何況，想不想生孩子更是應該先討論的事情，要是無法取得共識那就好聚好散，對彼此才不會造成更大的傷害吧！」

「那是因為你是男人才可以說得這麼輕鬆，婚姻版多的是婚前一個樣婚後一個樣的鬼故事，就算他答應不生，結婚之後他的父母可以接受嗎？！」

「那妳現在來問我到底是希望得到什麼答案呢？！」

一句吼完，我自己也有些後悔起來。

不明白我在氣什麼的羅先生慌張地重複著要我冷靜的話語，可是這些不光是情緒話，也許一個性別的人永遠無法同理另外一個性別的人，我嘴上說著理解、理解，實際上早就壓抑了數不清的不滿與不甘心。

站在我的立場上，認為可以透過溝通解決的問題，事實上只是因為我沒遇到過所以才可以說得這麼輕鬆；即使明白這點，還是忍不住抱持著「如果是我就可以處理好」的自傲。

直到對方哭著說出的那句呢喃，才讓我像是卸下鎧甲一般，整個身子跌坐回沙發。

「因、因為我……怕分、分手之後就……再……沒有人喜、喜歡……」

唯獨這點，我不能說自己無法同理。

喜歡一個人的心情，害怕不被喜歡的心情，因為喜歡而選擇隱忍的心情；一直在單戀的我比誰都還要清楚。

「放心吧。他是妳的正緣。」抽了兩張衛生紙遞向前，我說。「他不是一直都包容著害怕人群的妳嗎？好好跟他說清楚妳的恐懼就行了。」

「那萬、萬一他不喜歡我了怎麼辦？」皺著鼻子，野牛草邊哭邊說。

「哪有那麼容易就不喜歡，妳跟他的緣分還長著呢。」

「真的？」

「真的真的。」

並沒有說謊，從那個起碼有五元硬幣那麼大的圈圈看來，少說也是十年以上的交情。

「那、那你剛才為什麼要說那麼過、過分的話……」卻不料野牛草意外記仇，居然當場翻起舊帳。

「因為我要了解妳為什麼想要持續這份姻緣。」然而我也不是省油的燈，馬上睜眼說瞎話回去：「月老雖然是撮合緣分的神明，但也不會吝於拆散對當事人來說不適合的緣分。」

「不、不可以！不可以拆散！」害她嚇得大叫起來。

「我會告訴妳對方是正緣，是因為我不想要說謊。」揉揉發疼的耳朵，我繼續說：「我能理解不想改變自己又想要被愛的心情，但如果妳想要持續這段緣分，妳自己的真心付出比什麼都重要。」

「……什麼嘛……結果還是回歸同一個問題嗎？」這次換她失落地轉開腦袋。

大大嘆了一口氣，我看向這位明明比我年長幾歲、卻感覺絲毫沒有社會經驗的傢伙，如果她是同性，我可能早就直接巴下去了吧。

「真心付出不是要妳付出自己的子宮。」我能感受到野牛草已經不想再回應這個話題，可正因為我認同了她的不安，才更覺得有必要說清楚。「既然害怕被對方討厭，那就更應該去聆聽對方的想法吧？再者，如果不結婚的話，可是無法幫對方簽手術同意書之類的文件喔，正是因為這樣，同性戀才會一直爭取要有結婚的權利，不光是想要成家，更是想要為喜歡的人負責。」

俗話說忠言逆耳，不光是因為我年輕，而是被人說教本來就是很不愉快的事情。

然而我從來沒想到，自己居然會得到這樣的回應。

「……原來如此，原來你是同性戀啊？難怪你會自以為是地說出這種父權發言……反正一輩子也生不出小孩，當然會這麼天真的幻想著相夫教子的畫面。」

♥ ♡ ♥

「那傢伙真的是——要不是怕被關，我早就把她揍到她媽都不認得了！」

原本想著怎麼好意思打擾別人上班的我，最終還是沒能忍住。

咬牙把三位貴客送走後，馬上就撥了阿斌的手機號碼。

「那你把聯絡資料給我，我找人幫你處理？」沒想到會得到這麼直接的回應。

「那是也不用啦。」害我膨脹的情緒馬上萎靡消氣。

「好吧，不過既然你都能等到結束才打給我，代表其他詢線人的狀況還不錯吧？」剛才的提議多半是玩笑話，阿斌馬上扯開話題問。

「不，糟透了，簡直是最糟糕的一天。」然而這只讓氣氛繼續往下沉淪。「中午的那位客人雖然說過他有對象，但我沒想到他是同時有八位對象，八位！你能想像他一邊哈哈大笑，一邊問我他應該跟哪一位女性結婚比較好嗎？我差點當場拿菸灰缸往他的頭砸下去，如果我真的是神明，我一定用月老那根木頭杖子敲死他。」

「哈哈哈這也太誇張了吧？不過我以為這種奇形怪狀的詢線人你早就見多了？」

「我原本也這麼以為，但現在想想，跟今天的狀況比起來，我之前根本超順利的，可能是新手的好運吧？」

「新手？」

「三個月內都算新手啦，就跟工作會有甜蜜試用期一樣！」

不然就是我今天特別倒楣，怎麼可以接連三位詢線人都是問題人物！

而且第三位才是奇葩中的奇葩，居然一坐下就指著我的鼻子說他看到在我後面的明明是天使而不是月老大人，然後質疑我是想用這種方式吸引信徒斂財，最後還問我要不要合作賣魔法精油；就連平常認為是我脾氣太大、情緒過分激烈的羅先生，也難得露出傻眼且害怕的表情。

說起來，第一位客人離開之後我埋頭於除晦氣跟修身養性，所以還沒能跟羅先生深入討論這個問題，當下更沒有餘裕確認他的表情狀況，一直以來都跟在以身為同性戀為傲的我身邊，第一次如此直接的面對惡意，不知道是否會讓他感到不舒服。

「所以呢？需要我現在過去嗎？還是有什麼要我幫忙的？」注意到我安靜下來，阿斌主動提出意見。

「不了，現在還不到你的下班時間吧？」

「差不到半個小時，沒差多少啦。」他開朗而果斷的聲音讓我心情好了一些。

「真的不用，我就是擔心這種事情跟羅先生抱怨，只會讓他也跟著不愉快而已。」說著我看向羅先生。

一直守在我旁邊的羅先生則溫柔地笑著回道：「戀愛已經跟我無緣了，比起不愉快，我更擔心祈祈你是不是在逞強。」

同時阿斌也安慰我：「只有受傷的人才會抱怨，月老大人是守護的神明，他一定不會跟你計較這種小事啦！」

他們同步的關心反而令我覺得有些好笑。

明明我早就已經習慣，也早就知道，無論政策再怎麼開明，總還是會有無法接受的人，或許世界這麼大，本來就不可能得到所有人的認同。

正因為他們的溫柔，才讓我更想證明，只要無視掉那些人，一樣可以過得很好。

與其浪費時間討那些人的關心，還不如專心讓自己過得開心愉快比較舒服。

「我知道了，不過今天真的不用過來，等週末再陪我去另外一個地方吧。」

掛斷電話之後，我獨自跟羅先生談了很多，這是我第一次跟別人，甚至還是相同性向的人聊這樣的話題。

老實說，要維持自信是一件很難的事情，尤其是當發現自己跟別人不一樣的時候；說好聽是特別，說難聽是異類，即使心態再怎麼端正，也不可能完全不去質疑。認為自己是不是有什麼問題。

以前不太有感覺，是因為我生長在足以接受多元性別的年代，是認可了彼此的自由跟性癖，能捍衛自主選擇權的時代。

即使如此，台灣並非從一開始就是這麼和善的國家，不過短短幾年前，因為走不出櫃子而自殺的人依然相當普遍。被保護得很好的我，可以把那些當成故事，然而對很多人來說，是隨時會走上的人生。

「我知道自己很幸運，光是可以正大光明地說出自己的性向。可我其實也只敢在你們或者不熟悉的人面前說，你也看到了，我在喜歡的人面前依舊害怕得像是個小廢物一樣。

現在市面上關於同性戀的書很多，即便在成長過程中有搞不清楚的狀況，還是能很快找到答案。但對不在乎、不關心的人而言，依然只會照著他們腦內的錯誤資訊猜測。

我只是個小小的，只能代表自己的人，你無法透過我去了解所有的同性戀。就算這樣，我依舊希望你能覺得，台灣的同性戀會越來越幸福。」

「我從來沒有懷疑過這點。」羅先生淡淡地笑了。「我在學習當月老的過程中，有看到台灣的變化，老實說真的很難相信，但同時也感到很開心。我不可能會因為有人不能接受同性戀就對你感到失望，祈祈，那些不理解就算沒有消失的一天，也永遠不會是努力去愛的我們的錯。」維持著距離，他虛抱住我。

比起好奇，比起適應磨合，我想這是我們首次走進對方內心的一天。

羅先生對我來說不再只是個暫時借住的神明，儘管我還是想快點把他從我身邊趕走，然而這種觸碰到彼此脆弱的感覺，令我有一種「我們的相遇果然是天註定」的錯覺。

「是說，我自己也覺得這時機很湊巧，你還記得我以前說過的學長嗎？」心情放鬆不少，我說。

「你之前說想掐死指導教授的那位？」顯然羅先生還記得。

「對，他前幾天跟我連絡說週末會回老家一趟，問我有沒有空見面。雖然我早就猜到他應該是同志，但沒想到這次居然帶著紅色炸彈回來，正好帶你跟阿斌去跟他見個面，讓你們知道除了我之外還有很多普通而幸福的同志情侶。」一邊拿出手機快速回傳訊息，我跟那位學長敲定了週六晚上的聚會。

10 神明與人皆有因緣

週六被我安排了越來越多事情，便索性找個藉口把當天看姻緣的約都先推掉，也算是給自己未來可能沒有能力再看姻緣線一事做個提醒。

姑且不談我這種沒有從師、連半路出家都不算的異類靈能者，一般情況下，靈能力本來就與身心狀況息息相關，因為精神太差而把鬼當成神的恐怖故事也沒少聽過；說到底神佛都只是輔助，作為一時的心靈支撐尚且可以，若要當成一輩子的精神支柱，把生活全砸進去，除非真有覺悟修行，否則我認為實在有些本末倒置。

就像我現在，明明說好上大學不會再有事沒事跟家裡拿零用錢，卻因為實在不想吃祭拜過羅先生而變得食之無味的菜飯，導致伙食費嚴重超支（還包含每個禮拜兩次的咖啡廳開銷），正在煩惱到底該怎麼湊紅包錢才好。

存款當然是有的，我家在金錢教育上並不算嚴格，只是觀念教得又早又仔細；每次拿到零用錢便會分成生活用、娛樂用跟儲蓄用，「儲蓄用」顧名思義就是除了緊急時期不得使用的錢財，可要是再把娛樂用的經費挖出來，我就不夠錢買下下個月要出的主機了。

「喂！還好嗎？你怎麼臉色這麼差？」右手在我眼前揮舞，阿斌介意地看著我的表情：

「啊！還是說你看出什麼了？這報導我看過很多次，果然有什麼不對勁的地方嗎？」

阿斌所說的，是他特地借出來、關於羅先生死亡真相的報導。

說是這麼說，其實篇幅也就兩小篇：一篇是發現屍體的消息，一篇是警方最後判斷為意外的結論。兩張剪報的長寬都不超出我雙手能框出來的最大範圍。

「啊不，奇怪的感覺是有，但說不定只是我多心了。如果你不介意的話，我可以把報導傳給之前說的記者嗎？」

「那倒是沒什麼，反正也就報紙上公開的內容。」

得到阿斌的允許後，我便把兩張報導拍照傳給王記者。

畢竟有先入為主觀念在，光靠我們兩個沒有專業的素人，很難保證不會照著自己希望的方向解讀。

十幾分鐘之後，記者簡短地回傳了她的想法，基本上跟我的猜測不謀而合。

「怎樣，她怎麼說？」

「她說……她沒辦法保證是否正確，但她認為死者不是意外而死的可能性很大。原因是，當時的報紙每日一刷，如果只是單純的溺斃，應該第一篇就會直接寫明是意外，而不會等到第三天才突然斷言屍體上的傷痕是水中碰撞導致。這讓她感覺是有人想要息事寧人。」我照著收到的訊息逐一念出。

「是、是喔……」得到肯定的回覆，阿斌臉色不安起來，馬上反駁道：「但、但也有可能是那個年代沒有那個什麼……驗屍技術吧？都說是五十年前了，說不定科技還很落後？……我外公是GAY這點我已經認了，但那鄉下村子會有人殺人還是很難想像啊，又不是推理漫畫，真的有什麼必須這樣故意殺人的原因嗎？」

「等一下，硬要說你外公應該不是同性戀而是雙性戀才對吧？」

「現在的重點是這個嗎?!」阿斌語帶錯愕地斥責。

「雖然不是，可是身為同志我不想被汙名化啊。每次都有那種說男同志到處亂搞的，老實說真正的男同志對女人才硬不起來呢！會硬的那種頂多是對同性比較有興趣的雙性戀啦！」我並不打算妥協，雙手叉著腰解釋起來：「我之前說過性向其實算是一種性癖，還記得吧？既然是性癖，就會有喜歡多一點跟少一點的差異，一般的異性戀也只是比起同性，對異性更有興趣而已。」

「你要這樣說，那同性戀不也只是對同性比較有興趣的雙性戀。」

不同意阿斌的發言，我再次拍胸反駁：「所以我說可以自稱同性戀的是像我這種狹窄到不能再狹窄，只對同性肉體有興趣的類型啊！」

換回阿斌一臉複雜的表情。

說得也是啦，大部分的直男應該都沒想過會有同性朋友當面說出這種話吧，我也不是在每個人面前都可以說得這麼隨便。

「……原來如此，你對我表弟的肉體有興趣啊。」但我沒想過阿斌居然會這樣回，害我一瞬間燙紅了臉。

「沒、不、我、我才沒用那種下流的有色眼光看他！……硬、硬要說是喜歡臉多一點……」

「明明他上次那麼白目……你可考慮清楚啊，那傢伙絕對是個彎不了的臭直男。」

「反正我也沒想過可以順利交往，就當作偶像欣賞欣賞吧。」擺了擺手結束話題，我把心思重新放回報導上。

這次卻換成阿斌不願意鬆口，他單手托腮笑得爽朗，害我一下子難以把視線從那結實的臂膀上移開。

「既然如此要不乾脆換個人吧？換個不比他差又能接受同性交往的對象。」

「你以為找對象跟挑水果一樣容易啊？再說就連水果都還有季節之分呢。」翻個白眼給他，我轉頭尋找當事人羅先生。

為了方便討論，這次聚會的地方不是在咖啡廳，而是阿斌的房間。

就在麵店二樓，因為沒有座位，所以我跟阿斌兩人都盤腿坐在床上。仔細想想覺得這畫面有點好笑又青春，但礙於是別人家不好自己隨便亂走，倒有效地約束了羅先生可以移動的範圍，不然還真怕他一個不開心躲到咖啡廳角落，如此根本無法對話。

臉上帶著幾分不愉快，羅先生注意到我的視線後嘆了口氣。「我剛看過了，不過我還是一點也想不起來。我同意阿斌說的，如果真是他殺，我想不到可能的動機。」

「或者有喜歡你或是阿斌外公的人嗎？因為求而不得才殺人的情況也不算少見吧？」接下來的問題有點失禮，我看著阿斌，好一陣子都說不出口。

他大概猜到我想問的內容，直接搖搖頭提出異議：「我外公外婆是後來相親認識，算是兩家父母強拉的姻緣，外婆以前常說，要是早知道有這麼回事根本不會答應結婚。」

「那時村子還沒發展起來，街頭巷尾互相都認識，就算遠一點也多是見過一面的人。我不認為會有人甘願冒著這種風險殺人，更不認為真凶可以躲藏成功或是被人包庇。」羅先生跟著否定我的猜想。

然而「包庇」兩個字卻點醒了我。

能把這件事情壓下來只有幾種可能，一是羅先生家不願傷心事一再被他人討論，二是兇手的家世比受害的羅家更龐大更有權力；從羅先生的說法可以知道，他認為第二種可能性不大，但第一種呢？羅先生鮮少提到自己家的事情，會不會是喧囂的謠言讓他的家人引以為恥，才不願警方查明真相呢？

再者，主張沒有兇手的羅先生跟堅持有兇手的時雨先生，這樣的落差未免太過矛盾，明明兩邊都沒有證據，卻說得比什麼還要自信，還是說其實有人知道些什麼嗎？

「阿斌……你爺爺是說，等他到橋下的時候就已經沒看見羅先生了嗎？」

「你這句話什麼意思？我應該說過我外公大半輩子都在努力找那名兇手吧？」話還沒講到重點，阿斌就已經先變臉，他一掌拍在床上，皺緊眉頭瞪我。

「不是不是，我是說他沒有看到其他可疑的人物嗎？」趕緊揮手澄清，可我心裡想的是，阿斌難道不是自己也這麼想過才動怒的嗎？

畢竟如果要說羅先生過世有誰能得到好處的話，絕對包含同樣身為話題當事人的時雨先生；好比說兩人見面其實是要談分手，結果不小心失手把羅先生推下河之類。或者反過來，想分手的其實是羅先生，料想頑固的時雨先生不可能同意，逼不得已做出最糟糕的選擇。無論哪種原因，最終都可以導向知道真相的時雨先生因為被後悔侵蝕，才會不斷堅持兇手的存在，用以懺悔。

「沒有。我外公說那天他弟發燒，所以比約好的時間晚了半小時才出門，等他跑到橋下早就不見人影，還以為是金……月老大人生氣跑回家，等他再見到人就已經是看到報紙之後了。」

「好吧，記者小姐還說，除了兩篇報導間隔太久讓她覺得奇怪以外，最古怪的仍屬第一篇的寫法。」我再次低頭照著手機上的訊息念：「一般來說就算如警察所述，死者是因為撞擊到頭部昏厥，才導致死者身上的傷口跟狀況不如尋常溺斃的屍體，為了避免大眾恐慌通常還是會先以意外來做報導。因此如果不是現場狀況太過離奇，就是有什麼被判定可能是他殺的原因……她問說羅先生家是不是在當地有錢有權才會招來嫉恨的人。」這倒是個嶄新的思路，令只把觀點放在情殺上的我感到些許羞愧。

遺憾的是羅先生依然否決了這個可能性，但說是否決，同時又語帶保留。「我父母雖然有財，可為人和善，不曾聽說過他們與誰結怨。不過那時的我畢竟還年輕，也許有什麼不知道的狀況，只是倘若如此，神明又何必以意外來帶過呢？」

「說不定意外指的是你被他人所害、命不該絕之類？就像說話技巧那樣。畢竟要換成我，談戀愛談得正緊張就被人殺死，還不變成厲鬼找人報仇。」我聳聳肩。

「啊！既然月老大人家這麼厲害，該不會三天後的報紙是月老大人他爸媽故意放出的假消息吧？為了可以私下解決！」阿斌恍然大悟接話。

「然後你外公雖然察覺到是他殺，卻因為兇手早就被羅家收拾乾淨所以才一直找不到人？」

「哇靠！說不定還真是這樣，難怪我外公……」

聽著我跟阿斌越來越熱絡地討論，羅先生扶著腦袋一臉快昏過去的直接打斷道：「你們把別人的父母都當成什麼了啊？」

可惜阿斌聽不見他講話，只有我短暫閃神後重新投入話題，接著越聊越起勁。一種自己破案成功的充實感把我倆催得臉上發紅，就像拿到好成績時會產生的驕傲心理，天真而膨脹到以為自己無所不能。

好一會兒才在羅先生潑出的冷水下清醒過來。「就算你們說的是真的，然後呢？這件事情到這邊可以告一個段落了嗎？」飄坐在阿斌的電腦桌上，羅先生臉上滿是膩煩。

「不，雖然對你來說有點抱歉，但事到如今我知道了，現實果然跟小說不一樣。就算我們有心處理，恐怕無論是證據還是證人都已經找不到了吧？先不說相關人是否還健在，就算活著多半也記不得當時的情況了。」

「這麼說起來我好像聽說過，外公在我媽出生後曾經去找過當時那些證人跟警察，啊不過就像小祈說的，他們不是忘了有這回事，就是只記得報紙上的內容。」從我的回話中抓出端倪，阿斌搔搔耳朵掩飾尷尬。

唯獨羅先生露出「不是早就說過了」的表情，雙手抱胸再一次重申自己立場：「所以我從一開始就要你們別浪費時間。」

「這才不是浪費時間！你要想，我們是因為早有立場才會覺得報紙看起來怪怪的，可是時雨先生呢？他光是看著這兩篇報導就堅信，或者說不願相信你是意外過世。五十年了，他得有多喜歡你才能這樣一直放在心上？」

對我們來說，尋找兇手確實是一時興起，是不夠認真的衝動，但卻是某個人一生都無法放下的執念。

我不認為羅先生是真的這麼不把自己的死訊放在心上，倘若真的感情淡薄，怎麼會因為遇到時雨的後代而驚慌？也許他只是一次一次逼自己冷靜，讓自己不要投注過多工作以外的感情到人世間。

「我不知道你們是不是有不能干涉人界的潛規則，不過羅先生你真的不想再見時雨先生一面嗎？」

要說理由我可以想到無數個，包括怕自己會捨不得、包括自己不敢如此奢望等等，但知道喜歡的人仍舊在意自己，換作是誰都無法輕易別過目光吧。

五十年的歲月，光是還有重逢的機會就已經不可思議到彷彿奇蹟，如果不是代理人剛好是居住同個縣市的我，如果不是因為我認識、甚至跟阿斌一家結緣——不如說這已經超越巧合，根本是天意如此的狀況吧？

「……其實我外公這幾年身體越來越不好，老是一下咳嗽、一下忘東忘西，畢竟都七十了，腿腳也開始不俐落……」察覺到氣氛，阿斌低下腦袋說，看起來似乎有點遺憾。

可是太假了，真的太假了。

這個人雖然反應很快，卻完全不會演戲啊！從我的角度甚至可以看到他快要憋不住笑的嘴角。

「啊……這也是沒辦法的吧，七十歲算是高齡了。」為了不穿幫，我只好趕忙接話，同時磕磕巴巴地轉著眼珠子瞎扯：「我之前聽說很多老人家前幾天還好好的，隔天突然就走了，很多事情說不準呢。」

「就是說啊，畢竟以前還有外婆會念他，現在外婆死了，我媽每天都在擔心外公會不會哪天就真去跟他叨念著的好友作夥。」

「哎呀！要真那樣不就慘了嘛？任憑你外公翻遍了陰曹地府可都找不到他惦記了一輩子的那位心上人啊。」

看著我倆一搭一唱，羅先生的表情從擔憂逐漸轉為厭煩。最後他放棄似地大嘆一口氣。

♥ ♡ ♥

「嘿嘿！不過要是去見了生前認識的人會沒辦法當上月老的話，你還得先跟我說一聲啊？」像是古裝劇裡陰謀得逞的壞師爺般，我搓著手說。

「說得像是那樣你就會放我一馬似的。」

「會啊會啊當然會啊！」我連忙答應。「都辛苦這麼久了，可不能因為他人的戀情讓我毫無收穫吧，所以我會改成更低調更小心的方式讓你跟時雨先生巧遇。好比說在公園一起打太極拳之類。」

羅先生嫌棄地白了我一眼，也讓我再次見證他的家教良好。

「可是我外公不會打太極拳耶！啊不過他象棋好像還不錯，常常會去公園下棋，還是小祈你要像那個什麼棋什麼王的一樣，讓月老大人操控你跟我外公對弈嗎？」表情從緊張轉為興奮，阿斌顯然也是個很能自得其樂的人。

「然後你外公就猛然覺得這年輕人的棋路怎麼這麼熟悉，莫不是我當年的快樂小伙伴轉世成人，要跟我再續前緣？」

「你不是吧?!就算我表弟跟我外公長得再像，你也不能因為把不到我表弟就對我外公出手啊！你這樣會對不起月老大人的！」

「你的妄想力這麼厲害才對不起我呢，少瞎鬼扯了。」談話間，我戴好安全帽，然後跨坐上阿斌的寶貝野狼。

阿斌笑著說這還是他買車多年第一次載男人，逼得我回了一句：「第一次載男人就可以載到像我這麼好的男人，可是你莫大的榮幸」，逗得阿斌笑得更大聲，連身體都顫抖起來。也許是因為這樣，才讓我清楚聞到了阿斌身上的味道，跟他房間一樣，帶著一點點熊寶貝的香味。

等等，熊寶貝？

這跟他未免也太不搭了吧？

我有些在意地幾乎把鼻子貼上他後背，忍不住拚命嗅聞；除了熊寶貝之外，還有一些廟裡的煙火香氣以及鹹鹹的汗味，乾淨而單純，就是不如預期。

「你沒抽菸嗎？」

「啊？」阿斌的車速不快，起碼我一個人騎的時候比他快多了，因此他只是一愣，隨著大笑幾聲：「我還以為你在我背後拱來拱去是在幹嘛呢！對啊，跟我的形象很不搭吧？不過我本來就是因為身體弱才去宮廟，要是還故意做些會讓身體變差的事，神明會下凡來打我啦。」

機車流暢地拐了一個彎，轉進小巷弄之後是一整排的老舊公寓，傳統的紅色鐵門跟生鏽的鐵窗令人覺得十分懷念。再前進不久，則是一棟一棟雖然有些年代感，但設計還算別緻的透天厝。

阿斌直接把機車停在其中一棟房子前，用力按了兩下喇叭才拿掉自己的安全帽。「到了，下車吧。」

然而我才一下車，對上的又是羅先生錯愕的表情。我還沒來得及搞清楚狀況，阿斌便搓搓鼻子滿臉驕傲地開始說明起來：「月老大人一定很意外吧？我外公的家居然跟他以前的家一模一樣。不光是外觀，雖說從環境上可能看不出來了，不過這棟就是月老大人以前住過的房子。好像說是月老大人的父母過沒幾年就搬去北部了吧，我外公便趁那時候買下這棟房子。不過之前九二一地震受損滿嚴重的，所以裡裡外外都有重新修整過。」

「……我都不知道該說你外公還真執著，還是你外婆心胸開闊了。」心情變得複雜，我抬頭看著這棟透天厝。

「哈哈哈，我外婆當然一開始超反對啊，不過價格便宜、空間又大，要知道那時候可能沒幾家媳婦能逃出公婆的魔爪，而且我外公承諾房子的管理權完全歸她，所以我外婆才答應的。據說是這樣啦。」

話語剛落，急躁的腳步聲便越來越清晰，是屋內人走出來開門的聲音。

正想著這步伐對七十歲的老人家來說未免太過中氣十足，就看見熟悉的五官，章嘉傑一臉興奮地探出頭跟我們打招呼：「斌哥你怎麼來了？你不是跟爺爺約下禮拜嗎？」

「啊就剛好有空經過，想說先把東西拿來還。喔，這是你上次見過的小祈。」拉著還糊里糊塗的我打完招呼，阿斌一邊走進屋內一邊問：「外公在樓上嗎？」

「爺爺在二樓房間，你要直接拿給他喔？」明明比我高了不少，但一站到阿斌旁邊，章嘉傑看起來就像只小雞似的，滿臉興奮地跟前跟後著。

「嘿啊，你又不是不知道他很寶貝這些。好了好了你去忙吧，我上去一下就走了。」

「啊！我去倒飲料給你們喝吧？我媽昨天剛榨了幾罐葡萄汁。」

「免啦！我跟外公講一下話，你沒事別跑進來。」大聲吆喝一句後，阿斌小聲抱怨起來：「我就不懂那小子除了臉以外到底有什麼好的，而且要說臉，我也長得不差啊。」

害我只能乾笑幾聲。

說得也是，阿斌因為是外孫才沒跟外公住在一起，章嘉傑作為內孫，他們一家自然沒有從這麼大的房子搬出去住的道理。

雖然說是整修過，至今亦有二十餘年，房子內部還是整理得很乾淨，除了格局跟布置多少保留著當時的流行的風格以外，難以想像是那麼早以前的房子。走上樓梯後，阿斌帶著我往最裡面的房間走去，我本來想再觀察一下羅先生的臉色，但阿斌可能完全忘了這事，只見他隨便敲了兩下門便伸手轉開門把。

「外公我進來囉！」

「知啦，大老遠就聽到你的聲音。你不是說下週後才有空？」老人坐在藤椅上，午後陽光透過玻璃花窗把他的表情照得更柔和幾分，臉上一雙清明眼眸精神而堅定，絲毫看不出老態，我不由得想起阿斌說的，章嘉傑跟眼前的老人確實有幾分神似，只是以台語為主的用詞彰顯了他的年紀。

「啊就剛好路過，想說你那麼寶貝的東西先還回來比較保險，我有拍照存證啦！」跟著換用台語，阿斌勾起嘴角燦笑。「對了這我朋友啦，他呃……對這種故事很有興趣啦，一聽就吵著說想要看看報紙，我才跟你借來給他看。」

莫名其妙被拍著後背介紹出場，我先低下腦袋尷尬地打聲招呼，隨即一臉賠笑抬頭。「對、對啊，我很喜歡鄉土軼事，所以斌哥跟我說的時候就忍不住在意起來，現在也是……如果不失禮的話，想問問為什麼您老人家會覺得你的好朋友不是意外過世的呢？」

但這一切終歸只是一些無稽的猜測。

不知道是有所保留，還是時雨先生早已習慣以同一套說詞敷衍上門詢問的人，恐怕他的心裡早就知道這件事情是不可能翻盤了吧。

先不說五十年前的痕跡早已被沖刷，以他單純好友的身分也沒有資格追根究柢。熱血跟義務終歸是不一樣的，大家或許會同情他，卻不可能告訴一個外人關鍵的證據。

在離開之前，我又問了一個問題：「老爺爺啊，您惦記您的好友這麼多年，要是有機會遇見他，你有想跟他說什麼嗎？」

老人家靦腆地笑了笑，說著：「說得也是，我都這個年歲了，說不定也快可以見到他了吧。」

「袂啦！外公你身體這麼硬朗，再活百八十歲都沒問題！」

「哈哈哈，活那麼久有什麼好處喔。」被阿斌逗笑，老人家一會兒才沉寂了臉色。「我想跟他說，當初我有答應他就好了。」

嗚咽嗚咽，細小的哭泣聲從我身邊傳來。等我意識到不對時已經來不及了。

理應無法外露感情的羅先生，現在臉上垂著兩條黑淚，那是憤怒跟絕望交織的苦楚，是無法壓抑的七情六慾，連阿斌這個毫無佛緣的頂級麻瓜都能因為感覺到不對勁而回頭，就更別提可以看見的我了。

「為什麼……」羅先生呢喃著。

「為什麼？」聲音逐漸變大而清晰。

「**為什麼?!**」直到轉為咆哮，黑色的霧氣從他體內爆發似的炸開來。

「糟了！」隨著我左手一指，阿斌馬上衝過去護住他的外公，可是羅先生並沒有攻擊，反而轉身衝出牆外。

顧不得多做思考，我跑出房間，差點撞上端著葡萄汁的章嘉傑。

「抱歉！」大喊一聲，我兩步併一步地跳下樓梯往外衝。

黑色的影子很是顯眼，可他已經飄出兩條街的距離，情急之下我只好先搶借阿斌的野狼；還好他說這邊治安良好沒人不認識他，所以鑰匙仍插在上面。

戴上安全帽後催緊油門，本就喧囂的野狼彷彿火箭一般衝了出去；狹窄的巷弄內尚可忽視交通規則，但一出到大街上，不熟悉的路況差點讓我追丟。只有方向確定是正確的，我暗自祈禱著羅先生的身影可以停留得更久一些。

然而越是這麼想，情況越會不如預期。

難以判斷究竟是被高樓遮擋，還是他轉了方向，就那麼一眨眼功夫，彷彿斷線的風箏一般，湛藍的天空中再也找不到半點痕跡。
這樣算是失敗了嗎？
情緒爆走的實習神明會有什麼下場？
比起恐懼，不安跟疑惑填滿了我的內心。倘若不是去了我追不到的地方，羅先生又還有哪裡可以去呢？比起自己家、更讓他印象深刻的地方？
再次換檔催下油門，我用比剛才更快的速度駛向從我胸膛中跳出的地名；那是在看報導時一時興起隨口向阿斌詢問的，當時出事的那條河。即使周遭早已變化得看不出當時景色，河堤依舊保持著原有的功能，寧靜且低調，像是血管一般流淌著重要的水源。而羅先生黑色深沉的影子，就躲在那命脈的一角。
「找到你了！」喘得難以呼吸，我伸手抓住又想逃跑的羅先生。理應無法碰觸到他的我，眼睜睜看著自己雙手沒入那被黑霧籠罩的軀體，隨即，彷彿觸電一般的痛楚令我差點腿軟跪地。
想來還真是久違了，可這次除了痛苦之外，還有更多東西隨著不可思議的抓捏感流進了我的體內。
那些片段的、難受到想吐的畫面，再一次證實了我的猜想。
羅先生果然記得自己是怎麼去世的，或者說記憶早就浮現，並猜得七七八八，就差沒被蓋章認證。
「祈祈你瘋了嗎?!快鬆手！」連表情都被遮掩，只餘下口鼻的羅先生慌張地掙扎後退。
「我不要！你如果不想讓我痛，你就不要逃！」

跟我的嘶吼聲相反，羅先生彷彿苦笑一般地發出哼聲說：「……逃？我又能逃去哪呢？」

「祈祈你猜得對，我知道自己是怎麼死的，只是那確實是場意外。是場無關他人的意外。」

「跟我說吧，不管你說什麼我都會聽的。」

眼見羅先生終於點頭，我趕緊鬆開雙手。可這一動讓本來就快到極限的身體失去平衡，雙腿好不容易跨開踩穩，嘴巴便不受控制地嘔出一道彩虹，嚇得羅先生發出慘叫；說來好笑，明明應該是又緊張又糟糕的氣氛，竟因此鬆懈下來，連陰鬱情緒好像也被吐走幾分似地，我倆從憋笑逐漸轉為大笑。

等我累得一屁股坐到地上，原本蔓延雙手的黑色裂紋已經退去大半，羅先生身上的黑霧也隨之慢慢淡去。

羅先生說，那天他會約時雨先生出來見面，本就是想要談分手的事情。但是在約定的時間之前，先遇上了其他年輕居民，那些本就看他不順眼的孩子自然沒有放過機會，譏諷、嘲笑，甚至撿起河堤上的石頭就往羅先生身上砸去。

「人類都喜歡欺負弱小，他們在家境或者學業上贏不了我，會用這種方式也可想而知，所以我並不生氣，只是有些無奈。不過皮肉的傷口總會治好，真正讓我感到錯愕的是，時雨的妹妹也在裡面。」

「她也向你丟石頭嗎？」我問。

羅先生搖了搖頭。「她是知道的，我跟她的哥哥確實在交往。所以我只能大喊著說我要跟她哥哥絕交、我再也不會靠近她哥哥了。她則冷冷看著我，跟我說她哥哥的人生、他們一家的人生，早就都毀了。」

「這太霸道了吧？不過交個往哪有什麼好毀的！」我一臉不能認同。

「是啊，我原本也是這樣想的，但她又說，像我這種身家的人，自然可以找人相親結婚，簡簡單單就把那些過去當成一時年少輕狂，可是她跟她哥哥呢？我那時瞪大眼睛看著她，要換成現在的孩子大概是剛上高中的年紀吧，可她的家裡哪有錢讓她念書，然而我也不曾聽過有人到她家裡說媒。」

「說、說不定是她脾氣太差沒人喜歡？」多少帶著幾分開玩笑舒緩氣氛的心情，可惜羅先生依然搖了搖頭。

他看了我好一會兒，才低垂著腦袋說：「在那個年代，喜歡上同性是一種病啊。」

身為長子卻喜歡男性，這樣的消息大大影響了章家的風評。羅先生說他當時才知道，原以為時雨先生身上那些是工作弄出來的傷口，實際上根本是被章家父親打出來的。事實上這並不是羅先生第一次提出分手，所以他本帶著又會被時雨先生拒絕的僥倖心態，直到發現一直以來默不作聲的章家其他人，不過是不敢招惹自家，這令他一時之間羞憤難耐，待那群人離開後便哭了出來。

而意外正是在這時發生。

不知道時雨先生被事情掩延住的羅先生，急忙跑向河邊想要掩飾掉被石頭砸傷的痕跡，腳下卻一個沒踩穩直接摔進河裡；以河水的湍急程度，如果他有心應該是不至於出事，只是對那時候的羅先生來說，就彷彿是天註定的機會一樣，令他不自覺選擇閉上雙眼。

「可我還是很遺憾，被指責毀了自己心愛之人的姻緣，所以醒過來之後，我真的只記得要幫他牽一條很棒的紅線，想要讓他比任何人都幸福。」卻不料五十年過去，心愛之人想跟自己說的話竟是後悔當時沒答應跟自己分手。

也難怪羅先生會如此氣憤。

我伸手虛拍著羅先生的後背，本能地想說些什麼安慰他的話，諸如說不定是誤會、也許他不是這個意思等等，又覺得這樣不過是自欺欺人。

最後在我開口之前，羅先生又說了：「其實一進房間我就忍不住偷偷看了，我不是不想見他，只是一直覺得很害怕。萬一真像他們說的，我不是時雨的正緣，只是他人生中不該出現的過客，那該怎麼辦？」

「結果呢？」

「結果真的是黑線，但不知道為什麼，就像是期盼很久的東西落空一樣，失望的同時也感受到解脫。也許我還在用『那也是沒辦法的事』來安慰自己吧？所以聽他說後悔當年沒分手，才會令我如此難過。」

「正常的、正常的，要換做是我，早就手邊有什麼都拿來丟他了。」

就算付出不該要求回報，也不代表發現自己付出沒有回報的時候不會傷心，更不代表得到付出的人可以理所當然地不予以回報；對時雨先生來說，曾有這樣的結論一定有他的道理，可是對我來說，只想同理並安慰自己的朋友，他亦沒有任何過錯。

我既不是聖母，更不是肩負天平需要時刻注意公平的特殊人士。

因此，我躺了下來對著天空大吼，順順偷偷發洩自己的滿腹怨念。「章家都是一些王八蛋！

KY臭直男!!只有臉長得好看的大騙子!快點!你也跟我一起罵!都他媽受了五十年的委屈了,不罵怎麼行!」

可惜文雅慣了的羅先生最後還是沒有罵人,他只是笑了笑,就像他說的一樣,彷彿終於解脫一般,放鬆地笑著。「祈祈,我果然還是決定放棄成為月老。」身上已經沒有任何黑霧纏繞,羅先生說:「本來就是為了私心才想做的事情,如今對我來說不僅失去意義,還顯得有些諷刺。」

「喔,那就放棄吧?」翻身看著他,我一派輕鬆地即答。

「真的?我還以為你會勸我不要放棄。」

「勸當然是想勸,畢竟如果你真的成了月老,那我可就是全台少數有神明罩著的男人,怎麼想都划算到極點。」

「那你還這麼輕易就……」

「這不是輕易,而是重視。你之前為了他人去死這件事情我管不了,但起碼現在我希望你能為了自己活著。不過說活著好像也有點怪怪的,如果你對成為月老有興趣,我當然會支持你,無論如何都會支持你;可是如果你過不了自己那一關,我可不想哪天你爆走還要衝過去抓住你,真的很痛耶!我到現在都還有點頭暈想吐。」故意吐吐舌頭,我拍了拍羅先生旁邊的石頭又說:「沒事的,你現在擁有絕對自由的選擇權了。」

無論是想要選擇喜歡什麼、討厭什麼,都是自由的。

就這樣,我在阿斌終於趕到河堤之前跟羅先生做了道別,現在的我不僅沒有看見姻緣的能力,還有一屁股的約會要去拒絕,那些讓結局停在主角們好聚好散的故事都是騙人的,要是知道後面有這麼多破事要收拾，我才不會答應。

不，大概還是會壓抑滿肚子的不滿，裝模作樣地答應吧？

畢竟男人就是些喜歡耍帥的生物啊。

就像阿斌也是，知道我已經沒有能力的他只是抓抓腦袋，彷彿事情與他無關一般，爽朗地說：「那還真是可惜啊，結果我還是不知道我的姻緣線長怎樣。不過光認識你也算是值回票價了啦！你可別說之後不跟我做朋友了囉！」大手直接拍上我的後背，我才從細微的顫抖中察覺他的遺憾跟難過。

「怎麼會，我還要請你幫我跟廟方多說兩句好話呢！」

「啊？說好話，為啥？我還以為你對加入宮廟沒興趣？」阿斌茫然地看著我。

「是沒有興趣啊。不過你不是總幹事特地派來，監督我有沒有好好幫天天開心宮宣傳的嗎？」事到如今，總算可以打開天窗說亮話了，沒想到阿斌卻露出更加不懂的表情。

「不是啊？哇靠你也想太多了吧？我又不是廟裡的打手，怎麼可能他們要我幹啥我就乖乖聽話，還隨傳隨到連寶貴的週末時間都不要了。」

「欸?!那、不、那你這段時間?!」這下換我錯愕到不能理解。

「我是因為喜歡你這個人，才會願意做這些付出好嗎！」阿斌大笑幾聲，隨即滿臉通紅的慌張解釋：「不是、我說的喜歡不是、是尬意你這個人的喜歡、但不是男女關係的那種喜歡啦！」

「知道啦知道啦，再說你也不是我的菜啊。」笑著擺擺手，我輕鬆地帶過話題。

卻換成阿斌不能苟同的停下腳步，像是個大孩子一般，賭氣地瞪著我。「為什麼？我哪裡不好了？雖然長相是差了一點，但我比章嘉傑更喜歡你啊。」

欸？

欸？？？

剛才說不是男女關係的人呢?!

「可是你不是不喜歡同性嗎？」慌張地手足無措，我再次確認阿斌的意思。

「是這樣說沒錯，但我並不討厭你啊。雖然不算是雞雞硬硬的那種喜歡，可是想到你喜歡別人，或是沒把我算在裡面就很不爽。」阿斌則雙手抱胸，說得理直氣壯。

結果幾句下來別說我沒能聽懂，恐怕他本人也搞不懂自己在說什麼吧。

實在沒有體力跟心力在這邊瞎耗，我跟阿斌一起把兩台機車先騎回他外公家後，便改由阿斌載我回家，至於我原本停在阿斌家附近的機車則打算之後再去領，連學長的喜帖都請他改用寄的。

幾天後阿斌傳來訊息表示，他外公後來有找他回家一趟，但意外地沒有追問當天狀況，不知道是他老人家察覺到而不願意多說，還是不敢面對現實，彎彎繞繞了老半天之後，時雨先生才從書架上抽出一本書，裡面夾著一張泛黃的照片。

「當時我們都太年輕，只看得到眼前的愛。我也知道那些傷口不是致命傷，可是那只是醫生說的，對我來說，包括看不到的那些傷口，都是真真正正插進他心裡的致命傷。所以我常常會想，如果我不要那麼頑固，早點答應他分手，起碼他會還活在世界上吧。」

不能再透過手機看見姻緣的我，雖然無從得知時雨先生之後與其他女性修得的姻緣是否是紅線纏繞的正緣，但是這段不被神明們認可的一面之緣，的確實實在在地影響了時雨先生的一生。

清明時節雨紛紛，恐怕今年的清明，時雨先生還是會帶著遺憾繼續為了心愛之人落淚吧。

至於我跟阿斌，後來還是斷斷續續地有在聯絡，而章嘉傑在學校看到我時也會主動跟我打招呼；不得不說，縱使已經知道他的個性有多白目跟臭直男，我還是會忍不住被那張臉迷惑，只怪人類是視覺動物，尤其雄性人類更是忍不住順從於自身欲望的生物。

所以當阿斌發表自己打算好好深入了解男同性戀世界的言論時，我才會更覺得好笑；畢竟可以理解是一回事，接受是一回事，融入更是另外一回事。就算看了魔杖對決之後打開新世界的大有人在，但同樣也有慘叫著懷疑自己看到什麼的類型；姑且不論阿斌是哪一種，起碼勇氣層面我還是願意大方給予肯定。

因此幾個月後，我邀請他跟我一起出席學長的婚禮。

其實本來就打算趁著拿喜帖的時候把學長介紹給阿斌跟羅先生，讓他們知道台灣現在有越來越多幸福的同性情侶邁入婚姻，而這條得來不易的道路，未來必定會越來越平常而順遂。

「我跟著去真的沒問題嗎？喜酒不都只會帶家人或是交往對象而已？」難得穿上西裝，阿斌緊張地不斷拉扯領口調整。

「沒事啦，我跟學長報備過，他說很歡迎啦！」用力拍著阿斌的臂膀，這個外表看起來兇神惡煞的傢伙一直到抵達飯店都還滿臉戒備，要不是穿著正式，恐怕會被當成是來找麻煩的傢伙吧。

只有新郎的婚禮自然沒有新娘休息室，據說在我抵達前不久，兩位打扮得十分帥氣的新郎還站在廳外跟賓客們打招呼，而由於有太多想跟其中一位新郎講悄悄話的賓客，所以客人們才被服務人員帶進了改名為「新人休息室」的小房間。

而我要找的學長，正是這位在婚禮上大受歡迎的新郎。

「恭喜啊旭哥！」推開房門我大聲吆喝：「想當初你還堅決否認，結果一眨眼就要結婚，也太不夠意思了吧！」

「哎？你們居然也互相認識嗎？世界真小。」不料第一時間印入眼簾的，卻是我到現在還已讀不回的麻煩家伙。

「王記者?!欸……哈哈哈，我跟阿旭哥之前參加同一個夏令營，後來發現我們國小到高中都念同一所，就熟識起來了。」

「是嗎？既然阿旭這麼關照你，那我也得好好跟你熟識一下才行。我先出去啦，祝你們新婚愉快，待會見。」語畢，王記者便模樣可愛地揮揮手離開，追著她離去的還有另外一位身材不比阿斌遜色的中年男性。

那模樣我有點印象，好像是羅先生當初希望我幫忙勸合的、王記者即將離緣的正緣對象，看來就算姻緣告了一個段落，但他們彼此的緣分也還會繼續延續好一陣子呢。

等我回頭，旭哥先拿了一盒喜餅塞到我懷裡。一般由女性贈送給親友的喜餅，本可在他們的婚禮上省略，但聽說是旭哥很喜歡西式喜餅，所以自費買了不少盒分送給感情好的親友。

「這位就是祈祈你說想要了解同性戀情的朋友？」

「對啊，看也知道他是跟彎字無緣的類型。但他人不壞，是認識我之後才開始對同性戀感興趣，也想了解更多。」我把阿斌推到旭哥面前。

「你好，我是阿斌。」阿斌抓了抓腦袋點頭。「其實我就是有點好奇，你不會緊張嗎？就算說是自己喜歡的人，但真的要結婚走一輩子，外面亂七八糟的偏見眼光又那麼多，而且還不能生！」

眼看他越說越直接，我不動聲色地踹了他小腿。不過回應我們的是旭哥的笑聲。

「當然會緊張啊，我昨天晚上還在哭說想要取消婚禮呢。你剛才也聽到了，我以前一直不敢承認自己的性向，其實在交往的時候也是，正因為喜歡才會煩惱，擔心自己是不是配不上對方，甚至成為對方的累贅。不過所有選擇都會引發不同的後果，我們雖然無法預測未來的可能性，唯有這點是清楚的：如果不去面對、不去嘗試，就永遠無法克服問題。而我已經不想再為了掩飾太平放棄自己渴望的一切。」

「天啊，旭哥你變得好成熟喔，一點也不像我當初認識的你。」我忍不住拍拍手。

「你倒是跟我當初認識的時候一模一樣，沒半點成長還找不到對象。」可惜旭哥一點都不領情還欺負我。

「你好意思說，什麼時候偷偷認識了這麼帥的對象也不通知一聲！」

「米格真的很帥對吧！」

「真的真的，帥到值得為他彎的程度！」半真半假的，我豎起拇指稱讚，卻被阿斌用手肘撞了一下。

「嘿嘿，雖然還有很多不安，可是今天看到放出來的那些婚紗照，又覺得自己何德何能可以跟這麼好看的男人結婚。」一雙眼冒心地炫耀完之後，旭哥再度開釋：「我之前聽別人說結婚是需要衝動的事情，雖然不知道能不能幫你解惑，但如果已經喜歡到會煩惱這種問題的程度，我認為就別猶豫了，小祈只是嘴上挑剔，實際上沒那麼難追。」

「旭哥！別說得好像我很簡單好不好！」氣得我馬上大叫。

之後又調笑幾句，我們便回到宴會廳。婚禮的流程跟一般的婚禮沒有兩樣，正如同性戀的愛情跟異性戀沒什麼差異，令人有種「不過如此單純的事情到底為什麼要等到這個年頭才開放」的感覺。

因為喝了幾杯紅酒，所以我跟阿斌沒有馬上回家，而是去附近的公園走走，順便散散酒氣。其實我多少抱持著想借酒壯膽的心情，畢竟連旭哥都一眼發現阿斌的小動作，表示應該不是我的錯覺吧？覺得阿斌可能對我有那麼一點點感興趣，甚至對我有「喜歡」之類的情感；否則像他那樣的人，怎麼可能會想要了解自己絕對不打算踏足的世界呢？

遺憾的是，問題還沒開口，反倒先看見了熟悉的身影。

「羅、羅錦鐘?!」我用力地揉了揉眼睛，好確定自己不是一時看花眼。

「羅……月老大人?!」依然看不到月老的阿斌則比我更加錯愕，連酒都醒了大半。

「嗨。我原本還想說要怎麼跟你們打招呼，沒想到先被發現了。」

「你不是已經放棄任務消失了嗎?!」顧不得旁人眼光，我指著他詢問。是阿斌看不下去我這種在旁人眼裡如同神經病一般的行為，直接把我拉到一邊，又站在我對面代替月老。

「啊哈哈。我是跟神明說了要放棄沒錯，畢竟我們也沒怎麼完成課題，但神明說這次實習主要是要測試我們如何幫別人點鴛鴦譜，會不會為了完成任務或是因為一己私情隨便牽線。」

「所以？」

「所以他說雖然我的牽線方式太過保守，但沒有明顯的疏失，至於我自己的姻緣，好像本來就是測試的一環，測試是否能放下過去之類。」羅先生說著，一邊靦腆地摳摳臉頰，一會兒才抬眼看我，「因此我目前還在及格分上，接下來就真的只需要撮合十對情侶就好了。祈祈你說過會幫我的吧！」

看著羅先生揮舞雙手，一副開朗又正向的表情，我不覺有些頭痛。

意外的是比起我，篤信神明的阿斌居然第一時間表達否定，不願意我再成為神明的代理人。

「開什麼玩笑！要是小祈你回去當代理人，那不就又不能談戀愛了嗎?!我好不容易才鼓起勇氣打算跟你告白耶！」

「什麼什麼?!你們兩個趁我不在的時候發展成那種關係了嗎?!」

結果別說是答應或拒絕了，在巨大無比的準月老電燈泡纏繞下，我連害羞跟震驚的時間都沒有，好不容易被風吹散的熱度，也隨著無法停歇的笑鬧聲再度飄回我的臉上。

比起自己可以繼續修行，對我的八卦顯然更感興趣的羅先生，以及比起為神明奉獻，更想要獨占我的阿斌；我想這種弊大於利的吵鬧生活，應該還會再持續好一陣子吧。

畢竟我是比起一時衝動就勇往直前，更偏好小心謹慎，以確保獲利的保守派啊。

要彩虹10　PG2960

要有光 FIAT LUX

月老覺得最近牽線太難

作　　者　BANG
責任編輯　劉芮瑜
圖文排版　黃莉珊
封面設計　王嵩賀

出版策劃　要有光
發 行 人　宋政坤
法律顧問　毛國樑　律師
印製發行　秀威資訊科技股份有限公司
114台北市內湖區瑞光路76巷65號1樓
電話：+886-2-2796-3638　傳真：+886-2-2796-1377
http://www.showwe.com.tw
劃撥帳號　19563868　戶名：秀威資訊科技股份有限公司
讀者服務信箱：service@showwe.com.tw
展售門市　國家書店（松江門市）
104台北市中山區松江路209號1樓
電話：+886-2-2518-0207　傳真：+886-2-2518-0778
網路訂購　秀威網路書店：https://store.showwe.tw
國家網路書店：https://www.govbooks.com.tw
總 經 銷　聯合發行股份有限公司
231新北市新店區寶橋路235巷6弄6號4F
電話：+886-2-2917-8022　傳真：+886-2-2915-6275

出版日期　2024年9月　BOD一版
定　　價　320元

讀者回函卡

Printed in Taiwan

國家圖書館出版品預行編目

月老覺得最近牽線太難 / Bang著. -- 一版. --
臺北市 : 要有光, 2024.09
面 ;　公分. -- (要彩虹 ; 10)
BOD版
ISBN 978-626-7515-13-6 (平裝)

863.57　　113009429